Has sido elegido como
la persona con mayor probabilidad de éxito
para triunfar en el proyecto más peligroso
de todos los tiempos...
Una misión de vital importancia
para la familia Cahill
y el mundo en general.

EL LABERINTO DE HUESOS

RICK RIORDAN

DESTINO INFANTIL Y JUVENIL, 2011
infoinfantilyjuvenil@planeta.es
www.planetadelibrosinfantilyjuvenil.com
www.planetadelibros.com
Editado por Editorial Planeta, S. A.

Título original: The Maze of Bones
© Scholastic Inc. Todos los derechos reservados.
La serie THE 39 CLUES está publicada en acuerdo con Scholastic Inc., 557 Broadway,
Nueva York, NY 10012, EE. UU.
THE 39 CLUES y los logos que aparecen en ella son marca registrada de Scholastic Inc.

© Traducido por: Zintia Costas Domínguez, 2011
© Editorial Planeta S. A., 2011
Avda. Diagonal, 662-664, 08034 Barcelona
Primera edición: febrero de 2011
Segunda impresión: octubre de 2013
ISBN: 978-84- 08- 09861-4
Depósito legal: M. 1.278-2011
Impreso por Huertas Industrias Gráficas, S. A.

Impreso en España – Printed in Spain

Para Haley y Patrick,
que aceptaron el reto

CAPÍTULO 1

Cinco minutos antes de morir, Grace Cahill cambió su testamento.

Su abogado le llevó la última versión, el secreto mejor guardado durante siete años. Sin embargo, William McIntyre no tenía la certeza de que ella estuviera tan loca como para firmarlo.

—Señora —preguntó—. ¿Está segura?

Grace observaba por la ventana los prados de su finca iluminados por el sol, y su gato, *Saladin*, estaba acurrucado a su lado, como llevaba haciendo desde que ella enfermara, pero su presencia no era suficiente para consolarla ese día. Estaba a punto de poner en marcha una serie de acontecimientos que podrían causar el fin de la civilización.

—Sí, William. —Cada suspiro era doloroso—. Lo estoy.

William rompió el sello de la carpeta de cuero marrón. Era un hombre alto y hosco, y su nariz era puntiaguda como la aguja de un reloj de sol, por lo que siempre hacía sombra en uno de los lados de su cara. Había sido consejero y confidente de Grace y habían compartido muchos secretos a lo largo de los años, pero ninguno tan peligroso como aquél.

Le tendió el documento para que lo revisara. Un ataque de

tos sacudió su cuerpo y *Saladin* maulló preocupado. Cuando dejó de toser, William la ayudó a coger el bolígrafo. Ella bosquejó su débil firma en el papel.

—Son tan jóvenes —se lamentó William—. Si sus padres hubieran...

—Pero no lo hicieron —replicó Grace en un tono amargo— y ahora los niños ya son lo suficientemente mayores. Son nuestra única oportunidad.

—Si no les sale bien...

—Entonces habrán sido quinientos años de trabajo para nada —añadió Grace—. Todo se destruirá: la familia, el mundo... todo.

William asintió con seriedad y cogió la carpeta que ella sujetaba en sus manos.

Grace se recostó mientras acariciaba el pelaje plateado de *Saladin*. La vista desde la ventana la entristeció. Era un día demasiado bello para morir. Quería ir de picnic con los niños por última vez, quería ser joven y fuerte y viajar de nuevo por el mundo, pero la vista le fallaba y respiraba con dificultad. Agarró con fuerza su collar de jade; era un amuleto de la suerte que había encontrado en China hacía años y que la había ayudado a librarse de la muerte en muchas ocasiones, a salvarse por los pelos; ahora el amuleto ya no podría seguir ayudándola.

Había trabajado mucho para preparar todo para ese día; aun así, había tantas cosas por hacer... tantas cosas que aún no les había contado a los niños.

—Tendrá que bastar —susurró.

Y así, Grace Cahill cerró los ojos por última vez.

Cuando William comprobó que Grace se había ido, se acercó a la ventana y cerró las cortinas. Prefería la oscuridad, pues parecía más apropiada para el tema que le ocupaba.

La puerta se abrió tras él. El gato de Grace bufó y se metió debajo de la cama. William no se volvió. Su mirada permanecía fija en la firma de Grace Cahill, en su nuevo testamento, que acababa de convertirse en el documento más importante de la historia de la familia Cahill.

—¿Y bien? —dijo una voz brusca.

William se volvió. Había un hombre en la puerta, con la cara oscurecida por las sombras y un traje negro como el betún.

—Es la hora —señaló William—. Asegúrate de que no sospechan nada.

William no estaba muy seguro, pero le pareció que el hombre de negro sonreía.

—No te preocupes —prometió el hombre—, no les daremos ni una pista.

CAPÍTULO 2

Dan Cahill creía que tenía la hermana mayor más irritante del planeta, incluso desde antes de que ella les prendiese fuego a dos millones de dólares.

Todo empezó cuando asistieron al funeral de su abuela. En el fondo, Dan estaba entusiasmado porque esperaba poder calcar la lápida cuando todos se hubiesen ido. Suponía que a ella, que había sido una abuela estupenda, no le importaría. Él adoraba coleccionar cosas; coleccionaba cromos de béisbol, autógrafos de fugitivos, armas de la guerra civil, monedas raras y todas las escayolas que le habían puesto desde la guardería (doce en total). En esos momentos, lo que más le gustaba coleccionar eran calcos al carboncillo de lápidas. Tenía algunos increíbles en casa. Su favorito decía:

PRUELLA GOODE
1891 – 1929
HE MUERTO. HAGAMOS UNA FIESTA

Pensaba que si incluía un calco de la lápida de Grace en su colección, tal vez no la echaría tanto en falta. En fin, durante todo el viaje desde Boston hasta el funeral en el condado de

Worcester, su tía abuela Beatrice había conducido como una lunática de la lentitud. Iba a cuarenta por hora en la autopista y cambiaba constantemente de carril. No era extraño que los otros coches pitaran, dieran volantazos, chocaran contra los guardarraíles y cosas así. La tía Beatrice iba aferrada al volante con sus dedos enjoyados. Se había maquillado su cara arrugada con colorete y lápiz de labios rojo brillante, y eso hacía que su pelo azul pareciese más azul todavía. Dan se preguntaba si, gracias a ella, los demás conductores tendrían pesadillas con payasos viejos.

—¡Amy! —dijo la tía Beatrice enfadada, mientras otro todoterreno derrapaba por el carril de salida de la autopista porque ella acababa de metérsele delante—. ¡Deja de leer en el coche! ¡No es seguro!

—Pero, tía Beatrice...

—Jovencita, ¡cierra ese libro!

Amy lo cerró. Como era de esperar, ella nunca replicaba a los adultos. Amy tenía el pelo largo, de un tono marrón rojizo, a diferencia de Dan, cuyo pelo era de un rubio oscuro. Esto le servía a Dan para fingir que su hermana era una impostora alienígena, aunque para su desgracia, los dos tenían los mismos ojos: «verdes como el jade», solía decir su abuela.

Amy era tres años mayor y quince centímetros más alta que Dan, algo que ella siempre se encargaba de recordarle, como si fuera tan importante tener catorce años. Normalmente iba con vaqueros y alguna camiseta vieja porque no le gustaba llamar la atención, aunque ese día llevaba un vestido negro y parecía la novia de un vampiro. Dan esperaba que aquel vestido fuese tan incómodo como el estúpido traje y corbata que vestía él. La tía Beatrice puso el grito en el cielo cuando el chico había tanteado la posibilidad de asistir al funeral con su disfraz de ninja. A Grace no le hubiera importado con tal de que él se sintiese cómodo y letal, que era precisamente como se sentía cuando fingía ser un ninja; pero por supuesto, tía Beatrice no podía entenderlo. A veces le costaba creer que ella y Grace fuesen hermanas.

—Recordadme que despida a vuestra niñera en cuanto lleguemos a Boston —refunfuñó Beatrice—. Os mima demasiado.

—Nella es buena —protestó Dan.

—¡Sí, claro! ¡Esa Nella casi te deja incendiar el edificio de al lado!

—¡Exacto!

Cada dos semanas, Beatrice despedía a la niñera y contrataba a una nueva. Lo único bueno era que Beatrice no vivía con ellos bajo el mismo techo, sino al otro lado de la ciudad, en un edificio en el que no se admitían niños, así que a veces tardaba unos días en enterarse de las últimas hazañas de Dan.

Nella había durado más tiempo. A Dan le gustaba porque hacía unos gofres increíbles y normalmente escuchaba música a un volumen ensordecedor. Ni siquiera oyó los cohetes de agua de Dan cuando salieron disparados y bombardearon el edificio del otro lado del callejón. Dan iba a extrañar a Nella cuando la despidiesen.

La tía Beatrice siguió conduciendo y refunfuñando sobre niños mimados. Amy volvió a escondidas a su enorme libro. Los dos últimos días, desde que se enteraron de la muerte de Grace, Amy había estado leyendo mucho más de lo normal. Dan sabía que era su manera de evadirse, pero no podía evitar sentirse algo resentido porque aquella actitud también lo dejaba de lado a él.

—¿Qué estás leyendo ahora? —preguntó—. *¿Pomos de la Europa medieval? ¿Toallas de baño a través de la historia?*

Amy le puso mala cara, más de lo habitual.

—No es asunto tuyo, bobo.

—No puedes llamarle bobo a un señor de los ninjas. Has deshonrado a la familia, tendrás que hacerte el haraquiri.

Amy puso los ojos en blanco.

Después de algunos kilómetros más, la ciudad dio paso a tierras de cultivo. Aquello empezaba a parecerse a los campos de Grace y, aunque Dan se había prometido a sí mismo no emocionarse, ya se sentía triste. Grace había sido genial, los había tratado como a personas de verdad, no como a niños. Por eso había insistido en que la llamasen Grace a secas; ni abuela, ni abuelita ni yaya ni nada así de tonto. Había sido una de las pocas personas que se habían preocupado por ellos. Ahora estaba muerta y tenían que asistir al funeral junto a un montón de familiares que nunca se habían portado bien con los dos...

El cementerio familiar se encontraba al pie mismo de la colina donde se alzaba la mansión; de ahí que Dan considerara estúpido haber alquilado un coche fúnebre para llevar a Grace unos cien metros más allá del camino de entrada. Les hubiera bastado con ponerle al ataúd unas ruedas como las de las maletas y habría funcionado perfectamente.

Sobre la colina, la presencia de nubes de tormenta veraniega y el sonido de los truenos dotaban a la mansión familiar de una apariencia oscura y sombría, como el castillo de un noble. Dan adoraba esa casa con sus miles de habitaciones, chimeneas y vidrieras de colores en las ventanas, pero el cementerio familiar le gustaba aún más. Una docena de lápidas en ruinas se esparcían por el verde prado rodeado de árboles, justo al lado de un pequeño riachuelo. Algunas lápidas eran tan viejas que las letras grabadas en ellas se habían borrado. Grace solía llevarlos a él y a Amy al prado cuando la visitaban los fines de semana; Grace y Amy pasaban la tarde sentadas en una manta de picnic leyendo y hablando, mientras que Dan exploraba las tumbas, los bosques y el riachuelo.

«Déjalo ya —se dijo Dan a sí mismo—; te estás poniendo sentimental.»

—Demasiada gente —murmuró Amy mientras andaban por el camino de entrada.

—No irás a perder el control, ¿verdad?

Amy jugueteaba con el cuello de su vestido.

—No estoy perdiendo el control... Sólo estoy...

—Lo sé, odias las multitudes —interrumpió Dan—. Pero supongo que ya imaginabas que habría un montón de gente, vienen todos los años.

Por lo que Dan recordaba, cada invierno Grace invitaba a parientes de todas las partes del mundo a pasar una semana de vacaciones con ella. La mansión se llenaba de Cahill chinos, británicos, sudafricanos y venezolanos. La mayoría de ellos ni siquiera llevaban el apellido Cahill, pero Grace le había asegurado que todos eran parientes. Solía explicarle que eran primos, primos segundos y primos lejanos, hasta que a Dan le empezaba a doler la cabeza. Amy normalmente se escondía en la biblioteca con el gato.

—Ya lo imaginaba —respondió Amy—. Pero... ¿has visto cuántos son?

Ella estaba en lo cierto, unas cuatrocientas personas se amontonaban alrededor de la tumba.

—Sólo quieren su fortuna —afirmó Dan.

—¡Dan!

—¿Qué? Es la verdad.

Acababan de unirse a la procesión cuando de repente Dan se vio boca abajo con las piernas en alto.

—¡Eh! —gritó.

—Mirad, chicos —dijo una niña—. ¡Hemos atrapado una rata!

Dan no veía bien desde aquella postura, pero podía distinguir a las hermanas Holt, Madison y Reagan, que lo sujetaban por los tobillos, una a cada lado. Las gemelas llevaban el mismo chándal violeta, trenzas rubias y sonrisas asimétricas. Tenían sólo once años, como Dan, pero eran capaces de sujetarlo sin ningún problema. Dan vio otros chándales idénticos detrás de ellas: allí estaban el resto de la familia Holt y su pit bull, *Arnold*, que corría y ladraba entre sus piernas.

—Lancémoslo al arroyo —sugirió Madison.

—¡Yo quiero arrojarlo a los matorrales! —respondió Reagan—. ¡Nunca hacemos lo que yo quiero!

Su hermano mayor, Hamilton, se reía como un idiota. A su lado, su padre, Eisenhower Holt y su madre, Mary-Todd, sonreían burlonamente como si fuese muy divertido.

—Ya está bien, chicas —se impuso el padre—. No podemos ir arrojando gente en un funeral. ¡Éste es un acontecimiento alegre!

—¡Amy! —gritó Dan—. ¿Podrías echar una manita por aquí, por favor?

Amy se había quedado pálida y tartamudeaba.

—Sol-sol-soltad...

Dan suspiró exasperado.

—Está intentando decir que me soltéis.

Madison y Reagan lo soltaron y Dan cayó de cabeza.

—¡Ay! —exclamó.

—Ma-Ma-Madison —protestó Amy.

—¿S-s-sí? —dijo Madison imitándola—. Me parece que todos esos libros están convirtiendo tu cerebro en puré, friki.

Si hubiese sido cualquier otra persona, Dan le habría devuelto el golpe, pero él sabía que con los Holt tenía que andarse con ojo. Incluso Madison y Reagan, las más pequeñas de la familia, podrían aplastarlo. La familia al completo estaba muy en forma, tenían las manos rollizas y el cuello fuerte, y sus caras se parecían a las de los luchadores de «Pressing Catch». Hasta la madre tenía pinta de afeitarse y fumar puros.

—Imbéciles, espero que le hayáis echado un último vistazo a la casa —señaló Madison—. No os invitarán nunca más ahora que la bruja ha muerto.

—¡Guau! —ladró *Arnold*.

Dan miró alrededor por si veía a Beatrice, pero como siempre, no estaba cerca de ellos, se había separado para charlar con los otros viejos.

—Grace no era una bruja —la defendió Dan—. ¡Y seremos nosotros quienes heredaremos este lugar!

El hermano mayor, Hamilton, se mofó:

—Sí, seguro. —Su pelo estaba peinado hacia el medio y tenía forma de aleta de tiburón—. Espera a que lean el testamento, enano, ¡te echaré de aquí yo mismo!

—Está bien, equipo —dijo el padre—. Ya basta. ¡A formar!

La familia se alineó y todos empezaron a correr hacia la tumba; iban tropezando los unos con los otros por el camino porque *Arnold* intentaba morderles los talones.

—¿Está bien tu cabeza? —preguntó Amy, que se sentía culpable.

Dan asintió. Estaba algo enfadado porque su hermana no

lo había ayudado, pero no valía la pena quejarse por eso porque a ella siempre se le trababa la lengua cuando estaba delante de otras personas.

—Tía, odio a los Holt.

—Tenemos problemas peores. —Amy señaló hacia la tumba y a Dan se le encogió el corazón.

—Los Cobras —musitó.

Ian y Natalie Kabra estaban junto al ataúd de Grace y parecían unos perfectos angelitos mientras hablaban con el pastor. Los dos llevaban el mismo traje de luto a juego con su sedoso pelo moreno y su piel color canela. Podrían haber sido niños supermodelos.

—No intentarán nada durante el funeral —dijo Dan con esperanza—. Sólo están aquí por el dinero, como los demás, pero no lo van a conseguir.

Amy frunció el ceño.

—Dan... ¿de verdad crees eso que has dicho, que vamos a heredar la mansión?

—¡Por supuesto! Ya sabes que Grace nos quería más a nosotros, que éramos los que pasábamos más tiempo a su lado.

Amy miró a Dan con expresión de que lo consideraba demasiado joven para que pudiera entenderlo, y a Dan no le gustó nada.

—Vamos —dijo ella—. Más vale que acabemos con esto cuanto antes.

Caminaron juntos hacia la multitud.

A Dan el funeral le pasó volando: el pastor dijo algo sobre cenizas, bajaron el ataúd al agujero excavado en la tierra y cada uno de los asistentes echó una palada de tierra. A Dan le pareció que los que iban de luto habían disfrutado mucho de aquella parte, especialmente Ian y Natalie.

Reconoció a unos cuantos parientes más: Alistair Oh, aquel tipo viejo, el coreano del bastón con un pomo de diamantes que siempre insistía en que lo llamasen tío; Irina Spasky, una señora rusa que tenía un tic en un ojo y a la que todo el mundo llamaba Spasmo a sus espaldas por ese motivo; los trillizos Starling: Ned, Ted y Sinead, que parecían estudiantes clonados de un colegio elitista de Beverly Hills. Incluso ese niño de la televisión estaba allí: Jonah Wizard, que se quedó a un lado sacándose una foto con un grupo de chicas. Había toda una fila de personas que esperaban para hablar con él. Iba vestido exactamente igual que en la tele, con muchas cadenas de plata y pulseras, vaqueros deshilachados y una camiseta sin mangas negra (lo que era algo estúpido, ya que él no era nada musculoso). Detrás de él había un tipo afroamericano, mayor que él, que estaba concentrado en su móvil, probablemente sería su padre. Dan había oído que Jonah Wizard estaba emparentado con los Cahill, pero nunca antes lo había visto en persona. Se preguntaba si debería conseguir un autógrafo para su colección.

Tras la ceremonia, un hombre que vestía un traje gris pizarra subió a la tarima. A Dan le resultó familiar; tenía una nariz larga y puntiaguda y estaba algo calvo; le recordaba a un buitre.

—Les doy las gracias a todos por haber venido —dijo solemnemente—. Soy William McIntyre, abogado y testamentario de la señora Cahill.

—¿Testamentario? —le susurró Dan a su hermana—. ¿Él lo hereda todo? ¡Por eso la mató!

—No, idiota —le respondió Amy—. Quiere decir que él es quien se encarga de su testamento.

—Si miran en el interior del programa que les hemos entregado —continuó diciendo William McIntyre—, algunos de ustedes encontrarán una tarjeta de invitación dorada.

Un murmullo entusiasmado irrumpió en la celebración mientras cientos de personas hojeaban sus programas. La mayoría de ellos empezaron a blasfemar y a protestar acto seguido al no encontrar nada. Dan rasgó su programa y halló en su interior una tarjeta con el borde dorado en la que decía:

Por la presente se informa a Dan y a Amy Cahill de que han sido invitados a asistir a la lectura del último testamento de Grace Cahill.

DÓNDE
En el Gran vestíbulo, Mansión Cahill

CUÁNDO
Ahora

—¡Lo sabía! —exclamó Dan.

—Les aseguro que las invitaciones no han sido repartidas al azar —dijo el señor McIntyre alzando la voz sobre la multitud—. Quería pedir disculpas a aquellos que han sido excluidos; no era intención de Grace Cahill faltarles al respeto. De entre todos los miembros del clan de los Cahill, sólo unos pocos han sido escogidos como los más prometedores.

La multitud empezó a vociferar y a discutir. Finalmente, Dan no pudo aguantar más y gritó:

—¿Más prometedores para qué?

—En tu caso, Dan —murmuró Ian Kabra por detrás de él—, para ser un perfecto idiota americano.

Su hermana, Natalie, se reía tontamente. Sostenía en la mano una invitación y parecía muy satisfecha consigo misma.

Antes de que Dan pudiera sacudir a Ian donde más duele, el hombre del traje gris respondió a su pregunta:

—Para ser los beneficiarios del testamento de Grace Cahill. Así pues, por favor, aquellos que estén en posesión de una invitación han de reunirse en el Gran vestíbulo.

Los que tenían invitación se dirigieron apresurados hacia la casa como si alguien hubiese gritado: «¡Comida gratis!».

Natalie Kabra le guiñó un ojo a Dan.

—*Ciao*, primo, nos vamos a recoger nuestra fortuna. —Ella y su hermano avanzaron por el camino.

—Olvídalos —señaló Amy—. Tal vez tengas razón, Dan, quizá heredemos algo.

Sin embargo, Dan frunció el ceño. Si esa invitación era tan genial, ¿por qué tenía el abogado un aspecto tan desalentador? ¿Y por qué Grace había incluido a los Kabra?

Cuando atravesó la entrada principal de la mansión, Dan observó el blasón de piedra que había sobre la puerta, una enorme C rodeada de pequeños motivos: un dragón, un oso, un lobo y dos serpientes entrelazadas en una espada. El blasón siempre le había fascinado, incluso a pesar de desconocer su significado. Todos aquellos animales parecían mirarlo detenidamente, como si estuviesen a punto de atacarle. Entró en la mansión con los demás mientras se preguntaba el motivo de que los animales parecieran tan enfadados.

El Gran vestíbulo era tan grande como una cancha de baloncesto, y estaba repleto de armaduras, espadas a lo largo y ancho de las paredes, y ventanas enormes que podrían ser atravesadas por Batman en cualquier momento.

William McIntyre, que a su lado tenía una mesa y, detrás, la pantalla de un proyector, avanzó al frente mientras los demás se acomodaban en las filas de asientos. Había unas cuarenta personas en total, incluyendo a los Holt, a los Kabra y a la tía Beatrice, que parecía muy disgustada por tener que estar allí, aunque tal vez sólo estuviera disgustada porque todos los otros habían sido invitados a la lectura del testamento de su hermana.

El señor McIntyre alzó la mano pidiendo silencio, sacó un documento de una carpeta marrón de cuero, se ajustó las gafas y empezó a leer:

—«Yo, Grace Cahill, en mi entera facultad y voluntariamente, divido aquí la totalidad de mis bienes entre aquellos que acepten el desafío y los que no».

—¿Qué? —interrumpió Eisenhower Holt—. ¿Qué desafío?

—A eso voy, caballero. —McIntyre carraspeó y prosiguió—: «Habéis sido seleccionados como los más prometedores para afrontar con éxito la mayor y más arriesgada tarea de todos los tiempos: una búsqueda de vital importancia para la familia Cahill y para el mundo».

Cuarenta personas empezaron a hablar al mismo tiempo, planteando sus dudas y exigiendo respuestas.

—¿«Arriesgada tarea»? —dijo la prima Ingrid alzando la voz—. ¿A qué se refiere?

—¡Pensaba que esto iba sobre dinero! —exclamó el tío José—. Pero ¿quién se ha creído que somos? Somos los Cahill, ¡no unos aventureros!

Dan observó que Ian y Natalie intercambiaban miradas cargadas de significado y que Irina Spasky susurraba algo en el oído de Alistair Oh, pero la mayoría de los espectadores parecían sentirse tan confusos como Dan.

—Damas y caballeros, por favor —intervino el señor McIntyre—. Si dirigen su atención a la pantalla, es posible que la señora Cahill pueda explicárselo todo mejor que yo.

A Dan le dio un vuelco el corazón. ¿De qué hablaba el señor McIntyre? Entonces, el proyector del techo cobró vida y el alboroto en la habitación se fue calmando a medida que la imagen de Grace se hacía más visible en la pantalla.

Estaba sentada en la cama con *Saladin* en su regazo. Llevaba una bata negra, como si estuviera de luto en su propio funeral, pero su aspecto parecía más saludable que cuando Dan la había visto por última vez: tenía la piel rosada y su rostro y manos no se veían tan delgados. El vídeo debía de haber sido grabado hacía meses, antes de que el cáncer empeorara. A Dan se le hizo un nudo en la garganta; tenía unas ganas locas de gritarle: «Grace, ¡soy yo, Dan!». Pero... era tan sólo una imagen. Dan miró a Amy y vio que una lágrima se le escurría por nariz.

—«Camaradas Cahill —anunció Grace—, si estáis viendo esto significa que estoy muerta y que he decidido firmar mi testamento alternativo. Sin duda sé que estaréis discutiendo entre vosotros y haciendo pasar un mal trago al pobre señor McIntyre a causa de esta competición que he puesto en marcha —Grace sonrió forzadamente a la cámara—. Siempre fuisteis una pandilla de testarudos. Esta vez, para variar, cerrad la boca y escuchad.»

—¡Eh, un momento! —protestó Eisenhower Holt, pero su mujer le hizo callar.

—«Os lo aseguro —continuó Grace—, esta competición no es ningún truco. Es un asunto de vida o muerte. La mayoría de vosotros sabéis que pertenecéis a la familia Cahill, pero muchos tal vez no os deis cuenta de lo importante que es nuestra familia. Os diré que, en la civilización humana, los Cahill hemos causado un impacto mayor que ninguna otra familia a lo largo de la historia.»

Se oyó de nuevo un griterío confuso e Irina Spasky se levantó y gritó:

—¡Silencio! ¡Dejad escuchar!

—«Familia —dijo la imagen de Grace—, os encontráis al borde de nuestro mayor desafío. Cada uno de vosotros tiene el potencial suficiente para alcanzar el éxito. Algunos quizá decidáis formar equipo con otras personas que estén en esta sala para afrontar el desafío, otros tal vez prefiráis hacerlo solos, pero la mayoría, mucho me temo, lo rechazaréis y os iréis con el rabo entre las piernas. Sólo un equipo conseguirá superarlo y cada uno de vosotros deberá sacrificar su parte de la herencia para participar.»

Sujetaba un sobre marrón sellado con cera roja. Tenía los ojos brillantes y fríos como el hielo.

—«Si aceptáis, se os proporcionará la primera de treinta y nueve pistas. Estas pistas os conducirán a un secreto que, si conseguís descubrirlo, os convertirá en los seres humanos más poderosos e influyentes del planeta. Entenderéis entonces el destino de la familia Cahill. Ahora os ruego que escuchéis al señor McIntyre, permitidle que os explique las reglas y pensad muy seria y detenidamente antes de tomar una decisión.»

Grace miró fijamente a la cámara y Dan ansió que se dirigiera a ellos: «Dan y Amy, os extrañaré más que a nadie, nadie más en esta habitación me importa en realidad». Algo así.

Sin embargo, Grace dijo:

—«Cuento con todos vosotros. Buena suerte y adiós».

La pantalla se fundió en negro. Amy agarró con fuerza la mano de Dan; le temblaban los dedos. A él le pareció que acababan de perder a Grace nuevamente. Entonces, todo el mundo empezó a hablar a la vez.

—¿La familia más importante de la historia? —gritó la prima Ingrid—. ¿Es que está loca?

—¿Testarudos? —se quejó Eisenhower Holt—. ¿Nos ha llamado testarudos?

—¡William! —La voz de Alistair Oh se alzó por encima del resto—. Un momento, aquí hay personas a las que ni siquiera conozco, personas que tal vez no sean miembros de la familia. ¿Cómo vamos a saberlo?

—Caballero, si alguien está en esta habitación, es porque es un Cahill. Si su apellido es Cahill o no, no importa; por las venas de todos los presentes corre sangre Cahill.

—¿Incluso en las de usted, señor McIntyre? —preguntó Natalie Kabra con su sedoso acento británico.

El viejo abogado se ruborizó.

—Señorita, eso no tiene nada que ver. Bueno, si me dejan terminar...

—¿Qué es eso de sacrificar nuestra herencia? —protestó Beatrice—. ¿Dónde está el dinero? ¡Ésta es una de las típicas tonterías de mi hermana!

—Señora —dijo McIntyre—, siempre tiene la posibilidad de rechazar el desafío. De hacerlo, recibiría lo que hay debajo de su silla.

Inmediatamente, las cuarenta personas buscaron debajo de sus sillas. Eisenhower Holt estaba tan ansioso que levantó la silla de Reagan mientras ella aún estaba sentada. Dan encontró un sobre debajo de la suya, pegado con cinta adhesiva. Cuando lo abrió, encontró una papeleta verde con un montón de cifras y las palabras BANCO REAL DE ESCOCIA. Amy también tenía uno, todos en la habitación tenían uno.

—Lo que tienen en sus manos es un cupón bancario —explicó el señor McIntyre—. Sólo será activado en caso de que renuncien a tomar parte en el desafío. Si así lo deciden, cada uno de ustedes podrá salir de esta habitación con un millón de dólares y nunca más tendrá que pensar en Grace Cahill ni en su última voluntad. O... pueden escoger la pista: una sola pista que será su única herencia. Nada de dinero. Ni propiedades. Sólo una pista que podría llevarles al tesoro más importante del mundo y a hacerlos más poderosos de lo que se imaginan... —Los ojos grises de William parecían mirar especialmente a Dan—. Una pista que también podría matarles. Un millón de dólares o la pista. Tienen cinco minutos para decidir.

CAPÍTULO 3

Amy Cahill creía que tenía el hermano pequeño más irritante del planeta, incluso desde antes de que él casi consiguiese que la matara.

Todo empezó cuando el señor McIntyre leyó el testamento de su abuela y les enseñó el vídeo. Amy estaba sentada, en estado de shock: en sus manos tenía una papeleta verde por valor de un millón de dólares. ¿Un reto? ¿Un secreto peligroso? ¿Qué estaba pasando? Miraba fijamente a la pantalla blanca del proyector. No podía creer que su abuela hubiera hecho algo así. A juzgar por el aspecto de Grace, lo más probable era que el vídeo se hubiese grabado unos meses antes. Verla así en la pantalla, a Amy le dolió en el alma. ¿Cómo podía Grace haber planeado algo tan grande sin haberlos avisado?

Amy nunca había esperado heredar mucho, a ella le bastaba con algo que le recordase a Grace, tal vez una de sus preciosas joyas. Pero aquello... Se sentía completamente perdida. No la ayudaba ver a Dan saltar de un lado a otro como si necesitara con urgencia ir al lavabo.

—¡Un millón de dólares! —exclamó él—. Podría comprarme un cromo de cuando el gran jugador de béisbol Mickey Mantle era novato y otro de Babe Ruth de 1914.

Su corbata estaba torcida, como su sonrisa. Tenía una cicatriz debajo de un ojo desde que, a los siete años, dirigiendo un asalto armado, se cayó sobre su AK-47, su fusil de juguete; así de diablillo era de pequeño. Sin embargo, lo que más le fastidiaba a Amy era lo cómodo que se le veía, que no le molestasen todas esas personas.

Ella odiaba las multitudes. Tenía la sensación de que todo el mundo estaba mirándola, esperando a que hiciese el ridículo. Algunas veces, en sus pesadillas, soñaba que caía en un agujero profundo y que todas las personas que conocía la observaban desde fuera, riéndose. Ella intentaba trepar para salir, pero nunca lo conseguía.

En esos momentos, sólo quería ir a la biblioteca de Grace, encerrarse y acurrucarse con un libro; quería encontrar a *Saladin*, el mau egipcio de su abuela, y abrazarlo. Pero ella había muerto y el pobre gato... ¿quién sabía dónde estaría ahora? Lloró al recordar la última vez que había visto a la anciana.

«Me enorgulleceré de ti, Amy», había dicho Grace. Habían estado sentadas en su gran cama con dosel, con *Saladin* ronroneando a su lado. La mujer le había enseñado un mapa de África dibujado a mano y le había contado historias de las aventuras que había vivido cuando era una joven exploradora. Grace se veía delgada y débil, pero el fuego de sus ojos ardía con más fuerza que nunca y la luz del sol se reflejaba en su pelo tiñéndolo de plata. «He vivido muchas aventuras, querida, pero las tuyas brillarán por encima de todas ellas.»

Amy quería llorar. ¿Cómo podía Grace pensar que ella iba a vivir grandes aventuras? Pero si le costaba una barbaridad reunir el valor suficiente para ir al colegio todas las mañanas.

—Podría comprarme una espada ninja —seguía farfullando Dan—, o un sable de la guerra civil.

—¡Cállate, Dan! —lo reprendió Amy—. Esto es serio.

—Pero el dinero...

—Lo sé —respondió ella—. Pero si cogiésemos el dinero, tendríamos que guardarlo para la universidad y esas cosas, ya conoces a la tía Beatrice.

Dan frunció el ceño como si lo hubiera olvidado. Sabía muy bien que la tía Beatrice sólo los cuidaba por Grace. Amy siempre había deseado que su abuela los hubiese adoptado cuando sus padres murieron, pero por algún motivo que nunca les explicó, no lo había hecho, sino que había persuadido a Beatrice para que ejerciese de tutora.

Durante los últimos siete años Dan y Amy habían estado a merced de la tía Beatrice, viviendo en un apartamento diminuto con una serie de niñeras. Beatrice lo pagaba todo, que no era mucho. Amy y Dan tenían lo suficiente para comer y cada seis meses recibían algo de ropa nueva, pero eso era todo: no les hacía regalos de cumpleaños, ni les daba recompensas de ningún tipo ni siquiera una paga. Iban a una escuela pública y Amy nunca tenía dinero para comprar libros, de ahí que recurriera habitualmente a la biblioteca municipal o, a veces, se pasara por la tienda de libros de segunda mano en Boylston, donde ya la conocían. Dan ganaba algo de dinero vendiendo parte de su colección de cromos, pero no mucho.

Amy llevaba siete años guardándole rencor a Grace por no haberlos criado ella misma, pero sólo de lunes a viernes, porque cuando llegaba el fin de semana era totalmente incapaz de enfadarse con ella. Cuando entraban en la mansión se convertían en el centro de atención de la anciana, que los trataba como si fuesen las personas más importantes del mundo. Cuando Amy reunió el valor para preguntarle por qué no podían vivir con ella todo el tiempo, Grace sonrió con tristeza. «Hay buenas razones, querida. Algún día lo entenderás.»

Ahora que Grace se había ido, Amy no sabía qué iba a pasar con tía Beatrice, pero tenía claro que tendrían algo más de dinero. Eso significaba que serían más independientes, y que tal vez podrían mudarse a un apartamento más grande. Podrían comprar libros cuando quisieran e incluso ir a la universidad. Amy daría lo que fuera por ir a Harvard; quería estudiar Historia y Arqueología. A su madre le habría encantado que lo hiciera, o al menos a ella le gustaba creerlo.

La muchacha sabía muy poco acerca de sus padres. Ni siquiera conocía por qué ella y Dan llevaban el apellido de soltera de su madre, Cahill, cuando el apellido de su padre era Trent. Amy se lo había preguntado a Grace en una ocasión, pero la anciana sólo sonrió. «Así lo prefirieron ellos», dijo, pero el testarudo orgullo de su voz hizo que la niña se preguntase si no habría sido en realidad idea de su abuela que ellos llevasen el apellido Cahill.

Amy no recordaba bien la cara de su madre, ni nada relacionado con sus padres antes de la terrible noche en que murieron, y hacía un esfuerzo por evitar pensar en ello.

—Vale —dijo Dan lentamente—, yo gastaré mi millón en mi colección y tú puedes gastar el tuyo en la universidad. Y todos tan contentos.

La niña estaba desconsolada. Había gente discutiendo por toda la habitación. Los Holt tenían aspecto de estar dirigiendo un combate; Sinead Starling sujetaba a sus hermanos Ned y Ted, separándolos para que no se estrangulasen mutuamente; Irina Spasky hablaba en un ruso acelerado con el niño del programa de la tele, Jonah Wizard, y con el padre de éste, pero por el modo en que ellos la miraban, estaba claro que no la entendían. En el Gran vestíbulo retumbaban voces enfurecidas que peleaban por la herencia. Era como si estuviesen despedazando a Grace poco a poco. No parecía importarles absolutamente nada que acabara de morir.

Amy oyó una voz a su espalda.

—Tú rechazarás el desafío, por supuesto.

Era Ian Kabra. Su irritante hermana Natalie estaba a su lado. A pesar de lo que pensaba sobre Ian, Amy sintió un cosquilleo en el estómago porque él era muy guapo. Tenía una preciosa piel oscura, ojos color ámbar y una sonrisa perfecta. Tenía la misma edad que Amy, catorce años, pero se vestía como un adulto, con traje y corbata de seda, e incluso olía bien, como a romero. Amy se odiaba a sí misma por fijarse en estas cosas.

—Me entristecería mucho si te pasara algo —susurró Ian—. Y el dinero os hace tanta falta.

Natalie se cubrió la boca con las manos fingiendo sorpresa. Parecía una muñeca a escala natural con su vestido de satén y su hermoso pelo negro cayéndole sobre el hombro.

—¡Es verdad, Ian! Son pobres, siempre lo olvido. Es tan raro que seamos parientes, ¿no crees?

Amy notó que se ruborizaba, y hubiera querido defenderse con una respuesta punzante, pero no fue capaz de pronunciar una sola palabra.

—¿Ah, sí? —respondió Dan—. A lo mejor es que no lo somos. Vosotros debéis de ser alienígenas mutantes, porque los niños de verdad no se visten como banqueros ni vuelan de un lado a otro en el avión privado de papá.

Ian sonrió.

—Querido primo, me has malinterpretado. Nos alegramos mucho por vosotros. Lo que queremos es que cojáis el dinero, que disfrutéis de una vida maravillosa y que nunca más volváis a pensar en nosotros.

—Gra-Gra-Grace —consiguió decir Amy, y odió que su voz no quisiese cooperar—, Gra-Grace querría...

—¿Querría que arriesgaseis vuestras vidas? —interrumpió Ian—. ¿Cómo lo sabes? ¿Os había dicho algo sobre esta competición que había planeado?

Ni Amy ni Dan respondieron.

—Ya veo —afirmó Ian—. Debe de ser terrible... Creer como creíais que erais los favoritos de Grace y descubrir que os escondía tantas cosas. Tal vez no erais tan importantes para la vieja como pensabais, ¿no?

—Bueno, Ian —corrigió Natalie—, tal vez Grace ya sabía que ellos no podrían superar el reto. Suena bastante peligroso —añadió dirigiendo una sonrisa a Amy—, y no nos gustaría veros sufrir una muerte dolorosa, ¿verdad, Ian?

Los Kabra desaparecieron entre la multitud.

—¿«Verdad, Ian»? —se burló Dan—. ¡Vaya par de idiotas!

Una parte de Amy quería perseguir a los Kabra y golpearlos con una silla, pero la otra parte prefería esconderse bajo tierra. Le hubiera encantado darles su merecido, pero había sido incapaz de hablar.

—Aceptarán el desafío —susurró.

—¡Claro! —dijo Dan—. ¿Qué son otros dos millones de dólares para los Kabra? Se pueden permitir sacrificarlos.

—Nos estaban amenazando. No quieren que lo intentemos.

—Tal vez sean ellos quienes sufran una muerte dolorosa —dijo Dan pensativo—. Me pregunto en qué consistirá el tesoro.

—¿Y qué más da? —respondió Amy con amargura—. Nosotros no podemos ir en su búsqueda, apenas tenemos dinero para el billete de autobús.

Sin embargo, también ella sentía curiosidad. Grace había viajado por todo el mundo. ¿Sería el tesoro una tumba egipcia perdida... o el oro de un pirata? La abuela Grace había dicho en su mensaje que el tesoro los convertiría en los seres humanos más importantes del planeta. ¿Qué podría conseguir eso? ¿Y por qué había exactamente treinta y nueve pistas?

No podía evitarlo, adoraba los misterios. Cuando era más pequeña, solía fingir que su madre aún estaba viva y que viajaban juntas a excavaciones arqueológicas. A veces Grace las acompañaba y, las tres solas y tan felices, exploraban el mundo; pero eran sólo tonterías en su imaginación.

—Qué pena —refunfuñó Dan—. Me encantaría poder borrarles la sonrisa de la cara...

En ese mismo momento, tía Beatrice los agarró del brazo. Tenía la cara crispada de la ira y el aliento le olía a naftalina.

—¡Vosotros dos no haréis ninguna locura! ¡Tengo toda la intención de llevarme mi millón de dólares y vosotros vais a hacer lo mismo! No os preocupéis, lo pondré en una cuenta de ahorros hasta que alcancéis la mayoría de edad, sólo gastaré los intereses que os pague el banco. A cambio, os permitiré que sigáis siendo mis pupilos.

Amy se atragantó de la rabia.

—¿Cómo... que tú vas a permitirnos que seamos tus pupilos? ¿Que vas a permitirnos que te demos nuestros dos millones de dólares?

Cuando acabó de hablar, no podía creer que hubiera sido capaz de hacerlo. Normalmente tenía un miedo horrible a tía Beatrice. Incluso Dan parecía estar impresionado.

—¡Ojo con lo que dices, señorita! —le advirtió Beatrice—. Haced lo más sensato o si no, ¡veréis!

—¿Qué es lo que veremos? —preguntó Dan con aparente inocencia.

Beatrice se puso roja de ira.

—¡Si no hacéis lo que os digo, pequeños sabelotodo, veréis cómo os desposeeré de todo y os entregaré a los servicios sociales! ¡Seréis unos huérfanos arruinados y me aseguraré de que ningún Cahill os ayude! Este asunto es completamente absurdo. Cogeréis el dinero y os olvidaréis completamente de la estúpida idea de mi hermana de encontrar el...

Se detuvo bruscamente.

—¿Encontrar el qué? —preguntó Dan.

—No importa —respondió Beatrice. Amy se sorprendió al darse cuenta de que la tía Beatrice estaba asustada—. Pero tenedlo claro: ¡o hacéis lo correcto o nunca más tendréis mi apoyo!

Beatrice se alejó. Amy se quedó mirando a su hermano, pero antes de que pudiese decirle nada, el señor McIntyre hizo sonar una campanita. Poco a poco, las riñas y discusiones se fueron calmando en el Gran vestíbulo y todos volvieron a ocupar sus asientos.

—Ha llegado la hora —anunció el señor McIntyre—. Debo anunciarles que una vez tomada la decisión, no hay vuelta atrás. No se podrá cambiar de idea.

—Vamos a ver, William —replicó Alistair Oh—. Esto es totalmente injusto, sabemos muy poco sobre el desafío. ¿Cómo vamos a decidir si la apuesta vale la pena o no?

El señor McIntyre frunció los labios.

—Se me han establecido límites en cuanto a la información que les puedo facilitar, señor. Usted sabe que la familia Cahill es una gran familia... muy antigua. Cuenta con numerosas ramas. De hecho, hasta el día de hoy algunos de ustedes no eran conscientes de que formaban parte de ella, pero tal y como ha dicho la señora Grace en su vídeo, esta familia ha sido esencial para la civilización humana. Algunos de los personajes más importantes de la historia eran Cahill.

Murmullos ansiosos llenaron la habitación. Amy no paraba de darle vueltas al asunto, ella siempre había sabido de la importancia de los Cahill: muchos de ellos eran ricos y vivían por todo el mundo. Pero... ¿esenciales para la civilización humana? No estaba segura de a qué se refería el señor McIntyre.

—¿Personajes históricos? —preguntó el señor Holt alzando la voz—. ¿Como quién?

El señor McIntyre se aclaró la garganta.

—Señor, me resultaría difícil nombrar a un personaje histórico importante de los últimos siglos que no fuera miembro de esta familia.

—Abraham Lincoln —gritó la prima Ingrid—. Eleanor Roosevelt.

—Sí —respondió el señor McIntyre—. Y sí.

Se produjo un silencio de asombro en la habitación.

—El mago Harry Houdini —propuso Madison Holt.

—Los exploradores Lewis y Clark —sugirió Reagan, su hermana.

—Sí, sí y sí —respondió el señor McIntyre.

—¡Venga ya! —gritó el señor Holt—. Eso es imposible.

—Estoy de acuerdo —dijo el tío José—. ¿Nos está tomando el pelo, McIntyre?

—Hablo muy en serio —aseguró el viejo abogado—. Es más, todos los logros del clan Cahill no son nada en comparación con el desafío que se les ha presentado. Ha llegado el momento de que descubran el mayor secreto de los Cahill y de que se conviertan en los miembros más importantes en la historia de esta familia, o de que mueran en el intento.

Amy sintió algo frío y pesado en el estómago, como si se hubiese tragado una bala de cañón. ¿Cómo era posible que estuviese emparentada con todas esas personas famosas? ¿Cómo era posible que Grace hubiera creído que ella, su nieta, podría llegar a ser más importante que ellos? Se puso nerviosa sólo de pensarlo. Era imposible que ella tuviese el valor para enfrentarse a una búsqueda tan peligrosa.

Pero si ella y Dan no aceptaban el reto... Se acordó de la tía Beatrice agarrándolos por el brazo, obligándolos a elegir quedarse con el dinero. Beatrice encontraría el modo de robarles sus dos millones de dólares. Amy no sería capaz de defenderse de ella. Volverían a su sombrío apartamento y nada habría cambiado, salvo que Grace ya no estaría. No habría visitas de fin de semana por las que emocionarse, ni nada que les permitiera recordarla. Amy siempre había creído que no podría haber nada peor que la muerte de sus padres, pero eso era aún peor. Dan y ella estaban completamente solos. Su única escapatoria era esa locura de que formaban parte de una gran familia histórica... y tomar parte en aquella competición misteriosa. A Amy le empezaron a sudar las manos.

—El simple hecho de embarcarse en esta búsqueda —continuó diciendo el señor McIntyre— los llevará hasta el tesoro. Pero sólo uno de ustedes lo conseguirá. Un único individuo —sus ojos parpadeaban observando a Amy— o un único equipo encontrará el tesoro. No puedo decirles nada más. Ni yo mismo sé dónde acabará esta persecución. Únicamente podré ayudarles a iniciar este camino, vigilar su progreso y orientarles en cuestiones mínimas. Bien, ¿quién será el primero en elegir?

La tía Beatrice se puso en pie.

—Esto es ridículo, cualquiera de vosotros que se atreva a participar en este absurdo juego es un idiota. Yo quiero el dinero.

El señor McIntyre asintió con la cabeza.

—Como desee, señora. En cuanto deje esta habitación, los números de su cupón estarán activados y podrá retirar el dinero del Banco Real de Escocia para su disfrute. ¿Quién es el siguiente?

Varias personas más se levantaron y optaron por el dinero: el tío José, la prima Ingrid y una docena de personas a las que Amy no conocía. Todos ellos cogieron su cupón verde y se volvieron millonarios de inmediato.

Después, Ian y Natalie Kabra se pusieron en pie.

—Nosotros aceptamos el reto —anunció Ian—. Trabajaremos en equipo, los dos juntos. Denos la pista.

—Muy bien —dijo el señor McIntyre—. Sus cupones, por favor.

Ian y Natalie se acercaron a la mesa. El señor McIntyre sacó un encendedor de plata y quemó los cupones de un millón de dólares. A cambio, les dio un sobre marrón sellado con cera roja.

—Aquí tienen su primera pista. No podrán leerla hasta que se les dé permiso para hacerlo. Ustedes, Ian y Natalie Kabra, serán el Equipo Uno.

—¡Oiga! —protestó el señor Holt—. Todos en nuestra familia aceptamos el desafío ¡y nosotros queremos ser el Equipo Uno!

—¡Somos el número uno! —empezaron a canturrear los niños de la familia Holt, y su pit bull, *Arnold*, dio un brinco en el aire y empezó a ladrar la cancioncilla.

El señor McIntyre levantó la mano pidiendo silencio.

—Muy bien, señor Holt. Haga entrega de los cupones de su

familia, por favor. Ustedes serán el Equipo... bueno, ustedes serán también un equipo.

Hicieron el cambio; cinco millones de dólares en cupones por un sobre con una pista, y los Holt ni se inmutaron. Mientras regresaban a sus asientos, Reagan golpeó a Amy en el hombro.

—Quien algo quiere, algo le cuesta, ¡enclenque!

Después, con gran dificultad, se levantó Alistair Oh.

—Está bien, no soy capaz de resistirme a un buen desafío. Supongo que podréis llamarme Equipo Tres.

A continuación, los trillizos Starling corrieron hacia la mesa, donde dejaron sus cupones y otros tres millones de dólares más desaparecieron entre las llamas.

—*Da* —afirmó Irina Spasky—. Yo también jugaré. Iré sola.

—Eh tú, espera ahí. —Jonah Wizard caminó lentamente hacia adelante como si fingiera ser un punki de extrarradio, tal como lo había hecho en *¿Quién quiere ser un gángster?* Lo que era bastante ridículo, ya que él valía como un billón de dólares y vivía en Beverly Hills—. Esto es pan comido. —Golpeó la mesa con el cupón dejándolo encima—. Pásame la pista, tío.

—Nos gustaría filmar la competición —manifestó su padre.

—No —respondió McIntyre.

—Podríamos hacer un programa de televisión buenísimo —insistió el hombre—. Podría hablar con los estudios para dividir los porcentajes.

—No —reiteró el señor McIntyre—. Esto no es un juego, caballero. Es un asunto de vida o muerte.

El señor McIntyre miró alrededor de la habitación y se centró en Amy.

—¿Alguien más? Ahora es momento de escoger.

Amy se dio cuenta de que ella y Dan eran los últimos en decidirse. La mayoría de los cuarenta invitados habían optado por quedarse el dinero y seis equipos habían aceptado el desafío. Todos eran mayores que ellos, más ricos o parecían tener más probabilidades de alcanzar el éxito que Amy y Dan. La tía Beatrice los fulminó con la mirada, advirtiéndoles de que estaban a punto de perderlo todo. Ian se rió de forma engreída. «Tal vez no erais tan importantes para la vieja como os pensabais, ¿no?» Amy recordó lo que había dicho su insoportable hermana: «Grace ya sabía que ellos no podrían superar el reto».

Amy sintió que se ponía colorada de vergüenza. Quizá los Kabra tuvieran razón, cuando los Holt pusieron boca abajo a su hermano ella no lo había defendido. Cuando los Kabra la insultaron, se quedó ahí parada con la lengua trabada. ¿Cómo podría arreglárselas con una búsqueda peligrosa?

Entonces escuchó una voz en su cabeza: «Harás que me sienta orgullosa, Amy».

De repente se dio cuenta: aquello era sobre lo que Grace le había hablado. Ésa era la aventura a la que Amy tendría que enfrentarse. Si no lo hacía, sería mejor que se escondiera bajo tierra durante el resto de su vida.

Miró a su hermano. A pesar de lo irritante que era, ellos siempre habían sido capaces de comunicarse con una simple mirada. No era telepatía ni nada parecido, pero podía saber qué pensaba su hermano.

«Es un montón de dinero —le dijo Dan—, un montón de cromos de béisbol geniales.»

«Mamá y papá habrían querido que lo intentáramos —respondió Amy con la mirada—, es lo que Grace quería que hiciésemos.»

«Ya, pero es que Babe Ruth y Mickey Mantle...»

«A Ian y a Natalie no les va a gustar nada —insistió Amy pacientemente—, y la tía Beatrice probablemente se pondrá roja de ira.»

Una sonrisa se dibujó en la cara de su hermano: «Supongo que Babe Ruth puede esperar».

Amy tomó su cupón y se dirigieron al escritorio, de donde cogió el encendedor del señor McIntyre.

—Cuente con nosotros —le dijo, y prendió fuego a los dos millones de dólares.

CAPÍTULO 4

Dan se sentía algo mareado, como aquella vez que había comido veinte paquetes de caramelos. No podía creer cuánto dinero acababan de tirar por la borda.

Desde muy pequeño, había soñado con hacer cualquier cosa que sirviese para que sus padres se sintiesen orgullosos. Sabía que estaban muertos, por supuesto, casi no se acordaba de ellos. Aun así... pensaba que si lograba hacer algo sorprendente (algo incluso mejor que completar la colección de jugadores de béisbol de todos los tiempos, o convertirse en un señor de los ninjas), de alguna manera, sus padres lo sabrían y estarían orgullosos de él. Esta competición para convertirse en el Cahill más importante le parecía una oportunidad perfecta.

Además, le gustaban los tesoros y había sido genial ver la cara completamente roja de la tía Beatrice cuando, dando un portazo, se fue de la habitación hecha una furia.

Ahora, en el Gran vestíbulo tan sólo permanecían los miembros de los siete equipos y el señor McIntyre.

Tras un silencio tenso, el abogado dijo:

—Pueden abrir los sobres.

RAS RAS RAS

La pista estaba escrita en letras negras sobre un papel de color crema. Decía:

RESOLUTION:
Para la letra pequeña adivinar,
a Richard S. _____ tienes que buscar.

—¿Eso es todo? —chilló Mary-Todd—. ¿Nada más que eso?

—Doce palabras —murmuró Eisenhower Holt—. Eso son... Empezó a contar con los dedos...

—Unos quinientos mil dólares por palabra —añadió Alistair Oh—, dado que tu familia ha renunciado a cinco millones de dólares. Lo mío ha sido una ganga, cada palabra me ha costado sólo cien mil dólares.

—¡Vaya estupidez! —exclamó Madison Holt—. Necesitamos más datos.

—Richard S. —musitó Ian—. A ver, ¿quién podría ser esa persona? —Miró a su hermana y los dos se sonrieron como quien comparte una broma privada. Dan sintió ganas de atizarles.

—Un momento, por favor —dijo el padre de Jonah frunciendo el ceño—. ¿Todo el mundo tiene la misma pista? Porque mi hijo exige material exclusivo, está en su contrato estándar.

—Las treinta y nueve pistas —respondió el señor McIntyre— son los pasos esenciales que les llevarán a conseguir su objetivo y son las mismas para todos los equipos. La primera de ellas, que acaban de recibir, es la más simple de todas.

—¿Simple? —dijo Alistair Oh arqueando las cejas—. Voy a odiar las difíciles.

—De todas formas —continuó el señor McIntyre—, hay muchos caminos para desvelar cada pista. Varias señales y secretos han sido enterrados para que ustedes los encuentren, pistas de pistas, si quieren llamarlos así.

—Me está entrando dolor de cabeza —se quejó Sinead Starling.

—Pueden proceder como consideren más oportuno —señaló el señor McIntyre—. Pero recuerden: todos persiguen el mismo final y sólo un equipo lo alcanzará. El tiempo es oro.

Irina Spasky dobló su pista, la metió en su bolso y salió de la habitación.

Alistair Oh frunció el ceño.

—Parece que a la prima Irina se le ha ocurrido algo.

Los trillizos Starling juntaron las cabezas y, como si una idea los iluminara al mismo tiempo, se levantaron tan rápido que tiraron sus sillas y salieron corriendo.

El padre de Jonah Wizard llevó a su hijo a una esquina. Tuvieron una discusión acalorada y su padre mandó un par de mensajes de móvil.

—Me largo —dijo Jonah—. Nos vemos, tíos. —Y se marcharon.

Con ése, ya eran tres los equipos que se habían marchado, y Dan aún no tenía ni idea de qué quería decir la pista.

—Bien —dijo Ian Kabra estirándose perezosamente, como si tuviese todo el tiempo del mundo—. ¿Estás lista para dejar en ridículo a nuestros primos americanos, querida hermana? —Natalie sonrió—. Cuando quieras.

Dan trató de hacerles la zancadilla cuando pasaron, pero ellos esquivaron su pierna ágilmente y siguieron su camino.

—¡Está bien! —anunció el señor Holt—. ¡Equipo, a formar!

El clan Holt echó a correr. Su pequeño y robusto pit bull *Arnold* ladraba y saltaba a su alrededor como si intentase morderles la nariz.

—¿Adónde vamos, papá? —preguntó Hamilton.

—No lo sé. ¡Pero todos se están yendo! ¡Hay que seguirlos!

Marcharon a paso ligero hacia el exterior del Gran vestíbulo, donde sólo quedaban Amy, Dan, Alistair Oh y William McIntyre.

—¡Madre mía! —suspiró Alistair. Con aquel traje negro y la corbata de seda, a Dan le recordaba a un mayordomo. Un mayordomo que escondía un secreto. Sus ojos parecían sonreír, aunque sus labios lo trataron de ocultar—. Creo que voy a dar un paseo por el campo para reflexionar sobre esto.

Dan se sintió agradecido al verlo marchar. Alistair parecía el más amable de todos, pero aun así, era un competidor. El chico miró fijamente la pista otra vez, más frustrado que nunca.

—*Resolution*, letra pequeña, Richard S. ... No lo entiendo.

—No puedo ofrecerles ninguna ayuda con la pista —explicó el señor McIntyre esforzándose por mostrar una ligera sonrisa—. Pero a su abuela le habría gustado verles aceptar el reto.

Amy movió la cabeza.

—No tenemos ninguna oportunidad, ¿verdad? Los Kabra y los Starling son ricos; Jonah Wizard es famoso; los Holt están cachas y Alistair e Irina parecen tan... no sé... tan desenvueltos, tan de mundo. Dan y yo...

—Ustedes tienen otros talentos —dijo el señor McIntyre terminando la frase de Amy— y estoy seguro de que los descubrirán.

Dan releyó la pista. Pensaba en cromos de béisbol, cartas y autógrafos.

—Se supone que tenemos que encontrar a un tal Richard —sugirió—. Pero ¿por qué su apellido sólo tiene la letra S?

Los ojos de Amy se concentraron en el papel.

—Un momento, recuerdo haber leído que hacia el año 1700 la gente solía hacer eso. Utilizaban una sola letra cuando querían ocultar sus nombres.

—Así que... —dijo Dan— ¿yo podría decir que A. tiene la cara como el culo de un mandril y tú no sabrías de quién estoy hablando?

Amy le dio una colleja.

—¡Ay!

—Niños —interrumpió el señor McIntyre—, ya tienen bastantes enemigos como para ponerse a pelear entre ustedes. Además —miró su reloj de bolsillo dorado—, no tenemos mucho tiempo y hay algo que debo decirles, algo que su abuela quería que supiesen.

—¿Un consejo privilegiado? —preguntó Dan esperanzado.

—Una advertencia, joven Dan. Todos los Cahill, si es que saben que lo son, pertenecen a una de las cuatro ramas más importantes de la familia.

Amy se levantó rápidamente.

—¡Sí, de eso me acuerdo! La abuela me lo contó una vez.

Dan frunció el ceño.

—¿Cuándo?

—Un día que pasamos la tarde en la biblioteca charlando.

—¡A mí no me lo dijo!

—¡A lo mejor es que no estabas escuchando! Hay cuatro ramas: la Ekaterina, la Janus, la... Tomas y la Lucian.

—¿De qué rama formamos parte nosotros?

—No lo sé —Amy miró al señor McIntyre buscando ayuda—, ella sólo mencionó los nombres, pero no me dijo a cuál pertenecíamos.

—Me temo que no puedo ayudarles con eso —respondió el señor McIntyre, pero Dan notó por su tono de voz que estaba escondiendo algo—. Sin embargo, niños, hay otra... otra cuestión interesante que deberían conocer. Además de las ramas Cahill, existe un grupo que les puede dificultar bastante la búsqueda.

—¿Ninjas? —preguntó Dan entusiasmado.

—Algo mucho menos tranquilo —añadió el señor McIntyre—. Puedo decirles muy poco acerca de ellos, confieso que sólo sé el nombre y algunas historias inquietantes, pero deben tener cuidado con ellos. Ésta fue la última advertencia de su abuela, ella me hizo prometer que se la daría a ustedes si aceptaban el desafío: «Tengan cuidado con los Madrigal».

Dan sintió un escalofrío en la espalda, aunque no entendía por qué. El nombre Madrigal sonaba bastante perverso.

—Pero, señor McIntyre, quién...

—Muchacho —interrumpió el anciano—, no puedo decirles nada más. Ya me he apartado bastante de las reglas de la competición con lo que he dicho hasta ahora. Prométanme que no se fiarán de nadie, por favor, es por su propia seguridad.

—Pero ¡si ni siquiera sabemos por dónde empezar! —protestó Amy—. ¡Todos los demás han salido corriendo como si supiesen qué hacer! ¡Necesitamos respuestas!

El señor McIntyre se detuvo y cerró su carpeta de cuero.

—Debo volver a mi oficina. Muchachos, tal vez su manera de averiguarlo sea la misma que la de los otros equipos. ¿Qué hacen normalmente cuando necesitan respuestas?

—Leer un libro —respondió Amy—. ¡La biblioteca! ¡La biblioteca de Grace!

Se apresuró a salir del Gran vestíbulo. Normalmente, Dan no solía correr entusiasmado cuando su hermana sugería ir a una biblioteca, pero esta vez sí lo hizo.

La biblioteca estaba junto a la habitación de Grace, a un nivel inferior que el resto; era un gran salón rodeado de estanterías llenas de libros. A Dan le resultó sobrecogedor volver ahí sólo con Amy, especialmente porque Grace había muerto en la habitación de al lado en su enorme cama con dosel. Él esperaba encontrar las habitaciones ensombrecidas, con sábanas cubriendo los muebles, como se ve en las películas, pero la biblioteca estaba iluminada, ventilada y alegre como siempre lo había estado.

A Dan no le pareció normal: Grace se había ido, así que la mansión debería estar oscura y deprimente, más o menos tal como se sentía él. Miró fijamente la silla de cuero que había junto a la ventana y recordó aquella vez en la que estaba allí sentado jugando con una magnífica daga de piedra que había sacado de una vitrina y su abuela se le acercó tan sigilosamente que él no se dio cuenta hasta que ella estuvo justo delante. En lugar de enfadarse, se arrodilló a su lado. «Esa daga es de Tenochtitlán —le dijo—. Los guerreros aztecas las llevaban a los rituales de sacrificio y con ellas cortaban aquellas partes de sus enemigos donde ellos creían que residía el espíritu de lucha.» Le mostró lo afilada que estaba la cuchilla y después lo dejó solo. No le había dicho que tuviera cuidado ni se había enfadado con él por coger cosas de su vitrina, sino que había actuado como si su curiosidad fuese completamente normal, incluso admirable.

Ningún adulto había entendido a Dan así de bien. Pensando ahora sobre todo eso, Dan se sentía como si alguien le hubiese cortado parte de su espíritu.

Amy empezó a buscar entre los libros de la biblioteca y Dan intentó ayudarla, pero no tenía ni idea de qué estaba buscando y en seguida se aburrió. Hizo girar el viejo globo terráqueo de mares marrones y continentes de colores extraños; se preguntaba si conseguiría derribar muchos bolos con él. Entonces vio algo en lo que nunca antes se había fijado, una firma bajo el océano Pacífico:

Grace Cahill, 1964.

—¿Por qué firmaría Grace el mundo? —preguntó.

Amy lo miró.

—Ella era cartógrafa, exploraba tierras y trazaba mapas. Fue ella misma quien construyó ese globo terráqueo.

—¿Y tú cómo lo sabes?

Amy puso los ojos en blanco.

—Porque yo escuchaba sus historias.

—¡Ah! —Esa idea nunca se le había ocurrido a Dan—. Y ¿qué lugares exploró?

—Todos —respondió una voz de hombre.

Alistair Oh estaba en la entrada, apoyado en su bastón, sonriéndoles.

—Vuestra abuela exploró todos los continentes, Dan. Cuando cumplió veinticinco años, sabía hablar seis idiomas con fluidez, manejaba con la misma destreza una lanza, un bumerán o un rifle y era capaz de orientarse por casi todas las ciudades más importantes del mundo. Conocía mi ciudad natal, Seúl, mejor que yo mismo. Después, por razones desconocidas, volvió a Massachusetts para establecer su hogar. Una mujer de misterios, así era Grace.

Dan hubiera querido oír más sobre las habilidades de Grace con el bumerán, ¡sonaba genial! Pero Amy se alejó de la estantería. Estaba muy colorada.

—Alistair, ¿qué quieres?

—No te detengas por mí, no voy a interferir.

—Oh, pero... aquí no hay nada —murmuró Amy—. Yo esperaba... no sé, encontrar algo que no hubiese visto antes, pero ya los he leído casi todos. En realidad aquí no hay tantos libros y en ellos no hay nada sobre Richard S.

—Queridos niños, ¿me permitís haceros una sugerencia? Creo que necesitamos aliarnos.

Dan sospechó de él inmediatamente.

—¿Y por qué querrías aliarte con unos niños?

El anciano se rió entre dientes.

—Sois jóvenes e inteligentes y veis el mundo de una forma más moderna que yo. Por mi parte, tengo recursos y edad. Tal vez no esté entre los Cahill más famosos, pero yo cambié el mundo a mi humilde manera. Sabéis que mi fortuna viene de mis inventos, ¿verdad? ¿Sabíais que el burrito para microondas lo creé yo?

—¡Vaya! —exclamó Dan—. Eso es asombroso.

—No hace falta que me deis las gracias. La cuestión es que tengo recursos a mi disposición y vosotros no podéis viajar solos alrededor del mundo, ya sabéis. Necesitáis que os acompañe un adulto.

«¿Alrededor del mundo?»

Dan no había pensado en esa posibilidad. Ni siquiera le habían dejado ir a la excursión de la pasada primavera a Nueva York porque había echado caramelos en el refresco *light* de la profesora de francés. La sola idea de que la pista podría llevarlos a cualquier lugar del mundo hizo que se sintiera algo mareado.

—Pero... no podemos ayudarnos mutuamente —señaló Amy—, somos dos equipos distintos.

Alistair extendió los brazos y explicó:

—No podemos ganar los dos, pero este desafío puede llevarnos semanas, tal vez incluso meses. Hasta entonces, seguro que podemos colaborar unos con otros. Después de todo, somos familia.

—Entonces ayúdanos —dijo Dan—, aquí no hay nada sobre Richard S. ¿Dónde buscamos?

Alistair golpeó el suelo con su bastón.

—Grace era una mujer con muchos secretos, pero le encantaban los libros, le gustaban muchísimo. Tienes razón, Amy, es extraño que haya tan pocos aquí.

—¿Crees que tenía más libros? —Entonces Amy se llevó la mano a la boca en señal de asombro—. ¿Quizá una biblioteca secreta?

Alistair se encogió de hombros.

—Ésta es una casa muy grande, podríamos dividirnos y buscar.

Entonces Dan se dio cuenta de algo, uno de esos pequeños detalles en los que normalmente se fijaba. En la pared, en lo alto de la estantería, había un blasón de yeso como el de la entrada principal de la mansión, una C elaborada rodeada de escudos más pequeños: un dragón, un oso, un lobo y un par de serpientes enroscadas en una espada. Probablemente lo había visto un millón de veces, pero nunca se había fijado en que encima de cada uno de los pequeños escudos había una letra tallada en el centro: E, T, J y L.

—Buscad una escalera —dijo.

—¿Qué? —preguntó Alistair.

—Es igual, no hará falta —respondió Dan y empezó a escalar por la estantería tirando libros y adornos.

—Baja de ahí, Dan —protestó Amy—, ¡te vas a caer y te romperás el brazo otra vez!

Dan había llegado al blasón y veía lo que tenía que hacer. Las letras tenían un color más oscuro que el resto de la piedra, como si las hubiesen tocado muchas veces.

—Amy, ¿cuáles eran esas cuatro ramas?

—Ekaterina —respondió ella—, Tomas, Janus y Lucian.

—Ekaterina —repitió Dan mientras pulsaba la E—, Tomas, Lucian, Janus.

Cuando pulsó la última letra, la estantería se desplazó hacia adelante y Dan tuvo que saltar para evitar convertirse en un sándwich de libros.

En el lugar que había ocupado la estantería se abría ahora el oscuro hueco de una escalera, que se dirigía hacia abajo.

—Un pasadizo secreto —dijo el tío Alistair—. Dan, estoy impresionado.

—Puede ser peligroso —añadió Amy.

—Es cierto —afirmó Dan—, las damas primero.

CAPÍTULO 5

A Amy le hubiera encantado haber vivido en aquella biblioteca secreta. Pero, en cambio, casi no sale viva de allí.

Ella fue la primera en bajar por el pasadizo y cuando vio todos los libros se quedó boquiabierta. Las entanterías no tenían fin. Solía pensar que la biblioteca pública de la plaza Copley era la mejor del mundo, pero aquélla la superaba con creces. Tenía un aire más de biblioteca: los estantes eran de madera oscura, y los libros, que eran bastante antiguos, tenían cubiertas de cuero y letras doradas en el lomo; parecía que habían sido muy utilizados durante siglos. Había también una alfombra oriental cubriendo el suelo y varios sillones acolchados por toda la habitación; uno podía tirarse en cualquier lado y empezar a leer. Las grandes mesas estaban totalmente cubiertas de mapas y folios. Contra una de las paredes, se extendía una hilera de archivadores de madera de roble sobre los que había un ordenador enorme con tres pantallas, como los que usan en la NASA. De los techos abovedados colgaban grandes lámparas de cristal que proporcionaban luz en abundancia, ya que la habitación, obviamente, estaba bajo tierra, dado que el pasadizo por el que habían descendido era bastante largo y no tenía ventanas.

—Este lugar es increíble —exclamó Amy mientras se adelantaba corriendo en la biblioteca.

—Libros, ¡qué bien! —exclamó Dan irónicamente.

El chico se acercó al ordenador, que se había quedado colgado en la pantalla de la contraseña. Intentó abrir los cajones de los archivadores, pero estaban todos cerrados con llave.

El tío Alistair cogió con mucho cuidado un libro rojo de uno de los estantes.

—Está en latín. Campaña del César en la Galia, está escrito en papel vitela. Parece obra de un escriba del año 1500, más o menos.

—Debe de valer una fortuna —señaló Amy.

De repente, el interés de Dan despertó.

—¿Creéis que podríamos venderlos por Internet, por ejemplo?

—Cállate, Dan, estos libros no tienen precio —dijo la muchacha mientras pasaba los dedos por encima de los lomos—. Machiavelo, Melville, Milton. Están ordenados alfabéticamente según el autor. ¡Hay que buscar la sección de la letra S!

Lo hicieron, pero fue una decepción total. Había diez estantes llenos de libros que iban desde la primera obra de Shakespeare hasta la recopilación de las letras de Bruce Springsteen, pero ninguno de los autores se llamaba Richard.

—Algo así como... —murmuró Amy. El nombre Richard S. unido a la palabra *Resolution* le resultaba familiar, le parecía que estaban relacionados, pero no sabía cómo. Le daba mucha rabia cuando no era capaz de recordar algo, pero leía tantos libros que a veces se le entremezclaban dentro de la cabeza.

Después, echó un vistazo al pasillo y, al final de la estantería, acurrucado en una caja que estaba sobre una mesita, encontró a un viejo amigo.

—*Saladin* —exclamó la muchacha.

El gato abrió sus ojos verdes y maulló sin mostrar demasiada sorpresa, como si dijese: «Ah, sois vosotros, ¿me habéis traído algo de atún?».

Amy y Dan corrieron hacia él. *Saladin* tenía el pelaje más bonito que Amy había visto: plateado con lunares, como un leopardo gris en miniatura. Bueno, en realidad no tan pequeño, porque era un gato bastante grande, tenía unas garras enormes y una cola larga a rayas.

—*Saladin*, ¿qué estás haciendo aquí? —preguntó la niña mientras le acariciaba el lomo. El gato cerró los ojos y empezó a ronronear. Amy sabía que sólo era un gato, pero estaba tan emocionada de verlo que casi se echó a llorar. Era como si parte de Grace estuviese aún viva.

—Oye, *Saladin*, ¿sobre qué te has sentado? —preguntó Dan.

—Prrrr —maulló el gato quejándose cuando el muchacho lo levantó. Debajo de él había una caja de caoba pulida con las iniciales G. C. grabadas en color dorado sobre la tapa.

A Amy se le paró el corazón por un segundo.

—¡Es el joyero de Grace!

La niña lo abrió y allí estaban todas las joyas de su abuela, las que ella había adorado tanto desde que era pequeña. Grace solía dejarle jugar con todo: una pulsera de perlas, un anillo de diamantes, unos pendientes de esmeraldas. Amy no comprendió hasta mucho después que eran joyas auténticas y que valían miles de dólares.

Parpadeó dejando caer las lágrimas de sus ojos. Ahora que había encontrado a *Saladin* y al joyero sí que se sentía en el lugar más secreto de Grace. Añoraba tanto a su abuela que le dolía. Después, sacó del joyero una pieza que le parecía especialmente familiar.

—¡Vaya! —exclamó Alistair—. Ése era su collar favorito, ¿verdad?

Él tenía razón. Amy no había visto nunca a su abuela sin ese collar: doce cuadrados cuidadosamente esculpidos en jade y un medallón verde con un dragón en el centro. Grace lo llamaba su amuleto de la suerte.

Amy tocó el dragón. Se preguntaba por qué habrían enterrado a la anciana sin su collar. Le parecía muy extraño.

—¡Mira esto! —dijo Dan.

La niña encontró a su hermano en una esquina, con *Saladin* en los brazos; observaba un mapa gigante colgado en la pared que estaba lleno de chinchetas de diferentes colores: rojo, azul, amarillo, verde y blanco. Parecía que todas las ciudades importantes del mundo tenían al menos una. En algunas zonas había sólo chinchetas rojas, en otras eran verdes y azules y en otras había varios colores.

—¡Ha estado practicando el vudú con el mundo! —señaló Dan.

—No seas idiota —respondió Amy—. Deben de ser marcadores; seguro que señalan lugares donde hay algo.

—¿Como qué?

Amy se encogió de hombros. El mapa le parecía escalofriante.

—¿Tal vez algo sobre los Cahill? —preguntó mirando a Alistair.

Él frunció el ceño.

—No lo sé, muchacha, pero es curioso.

El anciano respondió sin mirarla a los ojos, así que Amy sintió que él escondía algo.

—Mira Europa y el este de Estados Unidos —dijo Dan.

Esas áreas estaban cubiertas de chinchetas de todos los colores y a la niña le costaba leer los nombres de las ciudades que había debajo. Si esas chinchetas representaban a los Cahill, entonces parecía que su origen estaba en alguna parte de Europa y que después se habían esparcido por el mundo, colonizando intensamente Norteamérica.

Después pensó: «Europa. Las colonias. Norteamérica». El nombre Richard S. volvía a taladrarle la cabeza, tratando de buscar la forma de salir. Un nombre del siglo xviii, alguien que había escrito resoluciones...

—¡Eh! ¿Adónde vas? —preguntó Dan mientras *Saladin* se escapaba de su regazo.

—La letra F —exclamó ella.

—¿F de qué, de fracaso?

Llegó a la F y lo encontró inmediatamente: era un libro pequeñito, tan estropeado que se caía a trozos. La cubierta estaba decorada con letra de imprenta de la época colonial de color rojo y blanco. El título estaba algo borrado, pero aún se podía leer: *Almanaque del pobre Richard del año 1739*, de Richard Saunders.

—¡Por supuesto! —asintió el tío Alistair—. Muy bien, muchacha, lo has hecho muy bien.

Aunque no era propio de ella, Amy se ruborizó del orgullo.

—Un momento —dijo Dan—, si esto fue escrito por Richard Saunders, ¿qué está haciendo en la letra F?

—Richard Saunders era un seudónimo —explicó el tío Alistair.

Dan frunció el ceño.

—¿Un pie falso?

Amy sintió el impulso de estrangularlo, pero Alistair le respondió con paciencia.

—No, chico, eso que tú dices es un seudópodo. Un seudónimo es un nombre falso, un sobrenombre, un disfraz para el autor. Este libro fue escrito por una persona muy famosa.

—Benjamin Franklin —anunció Amy—. El año pasado hice un trabajo sobre él.

La muchacha abrió el libro. Estaba escrito en letras mayúsculas y la puntuación era escasa, así que era complicado de leer, pero había tablas, ilustraciones y columnas de números.

—Ésta es la publicación más famosa de Franklin. El Pobre Richard es un personaje creado por él. Utilizó muchos otros seudónimos. Cuando escribía se hacía pasar por diferentes personas.

—Así que estamos emparentados con un tipo que tenía múltiples personalidades —afirmó Dan—. Genial, ¿no hay almanaques de deportes?

—Pues claro que no —respondió Amy—, está dirigido a los granjeros. Es como un anuario de artículos y consejos útiles. Franklin incluyó todas sus citas famosas en él, como «A quien madruga, Dios le ayuda».

—Ya veo, ya.

—Y «Piedra que rueda no hace montón».

—¿Qué les importaba a los granjeros si las piedras hacían montón o no?

Amy estuvo a punto de darle con el libro, a ver si así se le apretaban un poco más los tornillos de la cabeza, pero logró mantener la calma.

—Dan, lo importante es que se hizo muy famoso con esto y que ganó un montón de dinero.

—Vale, vale...

El chico sacó el papel de la primera pista, lo leyó y frunció el ceño.

—Ahora ya tenemos a Richard S., ¿cómo nos ayuda esto a encontrar el tesoro? ¿Y qué significa «*RESOLUTION*»?

—*Resolution* en inglés significa «propósito». Se sabe que Franklin se escribía *resolutions* a sí mismo —explicó Amy—, una especie de reglas a seguir para convertirse en una mejor persona.

—¿Como los buenos propósitos de Año Nuevo?

—Más o menos, pero él las escribía durante todo el año, no sólo en Año Nuevo.

—Entonces, ¿esto es una parte del *Almanaque del pobre Richard*?

Amy estaba perdiendo la paciencia.

—No —dijo inquieta—, sus propósitos están en otro libro, en su autobiografía, creo. Tal vez esta palabra esté ahí sólo para ayudarnos a relacionar todo esto con Benjamin Franklin. No estoy segura...

La joven pasó una página del *Almanaque del pobre Richard* y vio unas notas garabateadas en el margen. Las caligrafías eran distintas, así que varias personas habían anotado cosas allí. Amy suspiró exaltada, había reconocido la letra de una de las líneas; era muy elegante y estaba escrita con tinta violeta al final de la página. Había visto esa letra en viejas cartas, tesoros que Grace le había enseñado de vez en cuando. La nota decía: «Seguir a Franklin, primera pista. Laberinto de Huesos».

—¡Mamá escribió aquí! —gritó—, ¡siempre escribía en violeta!

—¿Qué? ¡Déjame ver! —respondió Dan.

—¿Puedo? —preguntó Alistair.

Amy quería quedarse con el libro para siempre, quería devorar cada palabra que su madre había escrito en él. Aunque, de mala gana, se lo entregó a Alistair.

—Pero devuélvemelo en seguida —insistió.

—¡Eso no es justo! —protestó Dan.

Alistair se puso las gafas y examinó unas cuantas páginas.

—Interesante. Varias generaciones han estado en posesión de este libro. Estas notas las escribió Grace; éstas, mi padre, Gordon Oh, y éstas, James Cahill, el padre de Grace. ¿Sabíais que ellos dos eran hermanos? Aunque la madre de Gordon, mi abuela, era coreana.

—Eso es estupendo —dijo Dan impaciente—, pero ¿por qué investigaba nuestra madre a Benjamin Franklin?

Alistair arqueó las cejas.

—Benjamin Franklin era un Cahill, obviamente. No me sorprende, dado que él era un inventor como yo, después de todo. Me imagino que la mayor parte de los libros de esta biblioteca fueron escritos por miembros de nuestra familia, tanto si sabían que formaban parte de ella como si no.

Amy estaba aturdida. Todos esos famosos escritores... ¿eran Cahill? Entonces, cuando se sentaba en una biblioteca y se perdía entre libros, ¿leía las palabras de sus antepasados? Le costaba creer que los Cahill fuesen tan poderosos, pero el señor McIntyre les había asegurado que su familia había sido esencial para la civilización humana. Por primera vez, empezaba a comprender qué había querido decir con eso. Sintió que el mundo que ella conocía se estaba desmoronando bajo sus pies.

¿Cómo podía haberse enterado su madre de lo que ponía en la primera pista, años antes de que la competición diera comienzo? ¿Por qué habría escogido escribir en aquel libro? ¿A qué se refería con lo de «el Laberinto de Huesos»? Tenía demasiadas preguntas.

Mientras tanto, Dan saltaba de un lado a otro de una forma tan molesta como era habitual en él.

—¿Soy pariente de Benjamin Franklin? ¿Estás de broma?

—¿Por qué no juegas con la cometa un día de tormenta, Dan? A ver si así te electrocutas —sugirió Amy.

—Venga, niños —dijo Alistair—, tenemos mucho que hacer para andar discutiendo. Hay que leer todas estas notas y...

—Esperad. —Amy sintió que el cuerpo se le tensaba, un olor a fósforo inundaba el ambiente—. ¿Hay alguien fumando?

El tío Alistair y Dan miraron a su alrededor confundidos.

Entonces Amy lo vio: un humo blanco, cada vez más denso, se dispersaba hacia abajo en una neblina mortal.

—¡Fuego! —gritó Dan—. ¡Subamos por la escalera!

Pero Amy se había quedado petrificada: le tenía un miedo atroz al fuego, pues le traía malos recuerdos. Muy malos recuerdos.

—¡Vamos! —Dan agarró su mano y tiró de ella.

—¡*Saladin!*, ¡tenemos que encontrarlo! —exclamó Amy. No podía dejar que le ocurriese algo al gato.

—¡No hay tiempo! —insistió el tío Alistair—. Tenemos que salir de aquí.

A Amy le escocían los ojos y apenas podía respirar. Buscaba a *Saladin*, pero el felino había desaparecido. Finalmente, Dan la arrastró por la escalera e intentó empujar la estantería con su hombro para abrir la entrada, pero ésta no se movía.

—Una palanca. Tiene que haber una palanca —dijo Dan tosiendo.

El chico solía ser bueno con todo lo relacionado con la mecánica, pero a pesar de que tantearon todas las paredes, no encontraron nada. El humo se hacía cada vez más espeso. Amy se apoyó en la pared y gritó.

—¡Au! ¡La superficie se está calentando! El fuego viene del otro lado. ¡No podemos abrirla!

—¡Hemos de conseguirlo! —insistió Dan, pero ahora le tocaba a Amy arrastrarlo escalera abajo. El humo era tan denso que apenas podían verse el uno al otro.

—¡Pégate al suelo todo lo que puedas! —dijo Amy. Los dos hermanos gatearon por la biblioteca, buscando desesperadamente otra salida. La muchacha no tenía ni idea de cómo había desaparecido el tío Alistair. Los estantes de libros empezaban a arder; papel viejo y seco, el combustible perfecto.

Amy se apoyó en una mesa para levantarse y vio el joyero. «No llevar objetos valiosos.» Ella sabía que ésa era una de las primeras reglas para salir viva de un incendio, pero de todas formas, lo cogió y siguió su camino.

Cada vez hacía más calor y había más ceniza en el aire. Era como respirar vapores venenosos. Amy no podía gatear muy rápido porque llevaba el estúpido vestido del funeral. Escuchó a Dan tosiendo y resollando detrás de ella. Su hermano era asmático, y aunque hacía varios meses que no sufría ningún ataque, aquel humo podía matarlo si no lo hacía el calor.

«Piensa», se ordenó a sí misma. Si ella fuese Grace, nunca habría construido una habitación secreta con una sola salida. Amy cayó al suelo, tosiendo y asfixiándose, y entonces reparó en la alfombra oriental: un desfile de dragones tejidos en la seda.

Dragones... como el del collar de Grace. Además, todos volaban en la misma dirección, como si estuviesen indicando el camino. Era una idea alocada, pero era todo lo que tenía.

—¡Sígueme! —dijo la muchacha.

Dan respiraba con demasiada dificultad como para responder. Amy siguió gateando, de vez en cuando miraba hacia atrás para comprobar que su hermano seguía ahí. Los dragones los condujeron entre dos estanterías en llamas, hasta un conducto de ventilación, frente al cual terminaba la alfombra. No era muy grande, sólo medio metro cuadrado, pero quizá fuese suficiente. Amy le dio una patada a la tapa del conducto, pero hasta el tercer intento no consiguió sacarla. El túnel era de piedra y estaba en una pendiente que subía hacia el exterior.

—¡Vamos, Dan!

Lo empujó hacia dentro y se sorprendió al ver que el niño tenía a *Saladin* en sus brazos; de algún modo se había tropezado con él, aunque el gato no parecía muy contento. El felino no paraba de arañarle y de bufarle, pero Dan lo tenía bien sujeto. Amy siguió detrás de su hermano, respirando entrecortadamente. Le escocían los ojos como si alguien le hubiese echado arena en ellos. Subieron por el conducto y, después de un rato que se les hizo eterno, Dan se detuvo.

—¿Qué haces? —preguntó Amy. El calor ya no era tan pesado, pero el humo seguía amenazándolos.

—¡Bloqueado! —dijo Dan casi sin voz.

—¡Empuja!

En una oscuridad total, ella gateó hasta donde estaba su hermano y entre los dos empujaron una piedra suave y plana que estaba bloqueando su camino. Tenía que abrirse. Tenía que hacerlo.

Finalmente, se movió. La luz del sol que les daba en la cara no los dejaba ver. Salieron en busca de aire fresco y se desplomaron sobre el césped. *Saladin* se liberó y, con un maullido indignado, corrió a meterse entre los árboles. Estaban en el cementerio, a menos de quince metros de la reciente tumba de Grace. La piedra que acababan de levantar era la losa de una de las tumbas.

—¿Estás bien, Dan?

La cara de Dan estaba cubierta de hollín, le salía vapor del pelo y su ropa se veía incluso más negra que antes. Respiraba con grandes esfuerzos y sus brazos sangraban a causa de los incontables arañazos que le había hecho el gato.

—Creo que acabo de poner punto final a mi colección de lápidas —dijo con un hilo de voz.

Una nube de humo salía del túnel, que parecía una chimenea, pero eso no era nada comparado con lo que Amy vio en lo alto de la colina. A la joven se le hizo un nudo en la garganta.

—¡Oh, no!

La mansión familiar era un infierno incandescente: las llamas parpadeaban en las ventanas y subían por los lados del edificio. Mientras la muchacha contemplaba el panorama, una torre de piedra se desmoronó. Las preciosas vidrieras se derritieron y el blasón familiar que estaba en la entrada principal, ese viejo escudo de piedra que Amy siempre había adorado, se derrumbó completamente y quedó hecho pedazos por el suelo.

—Amy —la voz de Dan sonaba como si estuviese a punto de romperse en pedazos—, la casa... no podemos dejar que... tenemos que...

Pero no terminó la frase. No había nada que pudiesen hacer. Una parte del tejado se vino abajo arrojando una bola de fuego al cielo. Amy resoplaba con fuerza, estaba tan desesperada como la casa que se estaba desmoronando ante sus ojos.

Entonces, percibió algo que la despertó de su asombro. En el camino de la casa había una figura desplomada en el suelo, un hombre con un traje gris.

—¡Señor McIntyre! —gritó Amy.

Estaba a punto de echar a correr cuando su hermano dijo con voz entrecortada:

—¡Túmbate!

Él no era tan fuerte como ella, pero debía de estar desesperado, porque la detuvo con tanta fuerza que casi le hizo comerse la hierba. Él señaló la calle que bajaba entre las colinas, la única salida de la propiedad.

Unos quinientos metros más allá, medio escondido entre los árboles, un hombre con un traje negro permanecía inmóvil, como observando algo. Amy no sabía cómo Dan había conseguido verlo desde tan lejos. No reconocía la cara del individuo, pero era alto y delgado, tenía el pelo gris y sujetaba unos prismáticos. Amy sintió un escalofrío, se había dado cuenta de que los estaba mirando.

—¿Quién...? —preguntó la joven.

Pero el sonido de la alarma de un coche que estaba siendo desactivada la distrajo.

Un Alistair Oh ahumado y lleno de hollín salió de repente por la entrada principal de la mansión y, cojeando, se dirigió hacia su BMW, sujetando algo contra su pecho. Su aspecto era terrible. Tenía los pantalones rasgados y la cara completamente blanca de ceniza. Amy no tenía ni idea de cómo se las había apañado para salir. Estuvo a punto de llamarlo, pero algo la hizo contenerse. Alistair pasó tambaleándose por delante de William McIntyre sin apenas mirarlo, se subió al coche y salió pitando.

Amy volvió a mirar hacia el bosque, pero el hombre de los prismáticos había desaparecido.

—Quédate aquí —le dijo a Dan.

La muchacha echó a correr en dirección al señor McIntyre. Dan, obviamente, no obedeció y la siguió, tosiendo durante todo el camino. Cuando llegaron junto al señor McIntyre, toda la mansión se acabó de venir abajo. El calor era como un nuevo sol. Amy sabía que no se salvaría nada del incendio, nada excepto el joyero que aún tenía firmemente agarrado.

Dejó el joyero en el suelo y le dio la vuelta al señor McIntyre. Él gimió, lo que significaba que aún vivía. A Amy le hubiera gustado tener su propio móvil, pero la tía Beatrice nunca le había dejado tenerlo. Buscando en los bolsillos del señor McIntyre encontró su teléfono y llamó al número de emergencias.

—Se lo ha llevado —anunció Dan casi sin voz.

—¿Qué?

En realidad, Amy no estaba escuchándolo. Cayó de rodillas al ver cómo el único lugar que le había importado desaparecía entre las llamas. Se imaginó a Grace contándole historias en la biblioteca. Recordaba cómo corría por los pasillos, jugando al pilla pilla cuando ella y su hermano eran pequeños. Recreó en su mente el rincón secreto de la habitación, donde le gustaba leer con *Saladin* en su regazo. Todo derruido. Le recorrió un escalofrío por todo el cuerpo y los ojos se le llenaron de lágrimas. Era la segunda vez en su vida que el fuego le arrebataba algo.

—Amy —dijo Dan a punto de echarse a llorar; sin embargo, puso la mano sobre el hombro de su hermana y añadió—: Tienes que escucharme. Se lo ha llevado. Alistair se lo ha llevado.

Amy quería decirle que se callase y que le dejase llorar la pérdida en paz, pero entonces se dio cuenta de lo que trataba de decirle su hermano. Tambaleándose, miró fijamente la carretera, donde los faros traseros del BMW iban desapareciendo detrás de una colina.

Alistair Oh los había engañado. Había robado el *Almanaque del pobre Richard* con las notas de su madre, la única pista con la que contaban para la búsqueda.

CAPÍTULO 6

Dan siempre había querido subirse a un coche de policía, pero no en aquellas condiciones.

Aún le dolía el pecho a causa del humo. Se sentó en el asiento de atrás con *Saladin* en su regazo e intentó no resollar, pero en lugar de respirar aire le parecía que era arena.

—Si hubieras traído tu inhalador... —lo regañó Amy.

Pero él odiaba el inhalador, le hacía sentirse como Darth Cahill o algo así. Además, hacía un montón de tiempo que no le daban ataques y él no sabía que se iba a ver atrapado en un estúpido incendio.

El muchacho no se podía creer que la mansión hubiese desaparecido. Esa misma mañana se había despertado con la certeza de que él y su hermana heredarían la casa, y sin embargo ahora ya no quedaba ni rastro de ella; se había convertido en una montaña de escombros.

Los detectives de la policía no tenían mucha información. «Parece que se trata de un incendio provocado», dijeron, pues se había extendido muy rápido para tratarse de un accidente. También les informaron de que William McIntyre se pondría bien. Sorprendentemente, nadie más había salido herido. Dan comentó a los policías que Alistair Oh se había marchado con mucha prisa, pensaba que tal vez fuese una buena idea involucrar a aquel extraño viejo en el suceso, pero no mencionó nada sobre las treinta y nueve pistas, la biblioteca secreta o el hombre de los prismáticos.

—¿Quién era el hombre de negro? —susurró Amy, como si estuviese pensando lo mismo que él. Tenía el joyero de Grace sobre sus piernas y jugueteaba con su pelo como solía hacer siempre que estaba nerviosa.

—No lo sé. ¿Alistair? —respondió Dan.

—Él no podía estar en dos sitios al mismo tiempo.

—¿El señor Holt?

—No es tan mayor y está mucho más cachas.

—¿La tía Beatrice con ropa de hombre?

Personalmente, a Dan le gustaba esa idea, porque Beatrice tenía el factor «maligno» totalmente a su favor. Después de todo, los había dejado en la mansión sin pensárselo siquiera dos veces. Pero Amy puso los ojos en blanco.

—No era nadie que conozcamos, Dan, estoy casi segura, pero nos estaba mirando, como si quisiera saber si habíamos conseguido salir. Creo que provocó el incendio para acabar con nosotros.

—Miau —maulló *Saladin*.

—Yo estoy de acuerdo con el gato —confirmó Dan—. Después de ese hombre de negro y del tío Alistair, propongo establecer una nueva «*resolution*». Tenemos que evitar a los hombres viejos.

—Tenemos que tener más cuidado con todo el mundo. —Amy bajó el tono de voz aún más—. Dan, mamá estaba relacionada con las treinta y nueve pistas. Esa letra...

—Ya, pero eso es imposible. ¡La competición acaba de empezar!

—Era la letra de mamá, estoy segura. Ella escribió: «Seguir a Franklin, primera pista. Laberinto de Huesos». Tenemos que averiguar qué quiere decir eso. ¡Éste es justo el tipo de misterio que mamá habría adorado!

Dan sabía que no debería molestarle, pero odiaba que Amy recordase más cosas que él sobre sus padres. Él nunca habría reconocido la letra de su madre, ni tenía la menor idea de qué tipo de persona había sido.

—Hemos perdido el libro —se quejó Dan—; parece que ya hemos fallado, ¿no?

Amy repasó con su dedo la letra que había en la tapa del joyero de Grace.

—Puede que no. Tengo una idea, pero vamos a necesitar a un adulto. Alistair tenía razón en eso: no podremos viajar sin un adulto.

—¿Viajar? ¿Adónde vamos? —preguntó Dan.

Amy miró al policía, se acercó a Dan y le susurró:

—Primero, necesitamos encontrar a alguien que nos acompañe. Rápido. La tía Beatrice avisará a servicios sociales. Tenemos que ir a casa, coger nuestras cosas y marcharnos. Si la policía se entera de que nos han desposeído, nos llevarán a una casa de acogida o algo así y nunca podremos encontrar las treinta y nueve pistas.

Dan no había pensado en eso. No sabía mucho sobre casas de acogida, pero se imaginaba que no quería vivir en una. ¿Le dejarían llevar su colección a una casa de acogida? Probablemente no.

—Vale, pero ¿cómo conseguimos a un adulto? ¿Lo alquilamos? —preguntó él.

Amy se hizo una trenza.

—Necesitamos a alguien que nos deje hacer lo que queramos y que no haga muchas preguntas. Alguien lo suficientemente mayor como para que parezca que vamos acompañados, pero que no sea tan estricto como para intentar pararnos. Alguien maleable.

—¿«Maleable» quiere decir que podamos manejarle?

—Miau —respondió *Saladin*, como si aquello le pareciera bien, siempre y cuando a él le diesen pescado fresco.

El coche de policía entró en la calle Melrose y se paró delante de un edificio de piedra marrón de aspecto ruinoso, donde estaba su apartamento.

—¿Es ésta la dirección? —preguntó la agente. Hablaba como si estuviera aburrida y molesta.

—Sí —respondió Amy—. Quiero decir, sí, señora.

—¿Estáis seguros de que hay alguien en casa? ¿Vuestro tutor o quien sea?

—Nella Rossi —respondió Dan—, es nuestra niñer...

Dan abrió los ojos como platos. Miró a Amy y se dio cuenta de que ella estaba pensando lo mismo, era tan obvio que hasta un Holt podría haberlo visto.

—¡Nella! —exclamaron al unísono.

Salieron del coche de policía con su gato y el joyero y echaron a correr hacia los escalones de la entrada.

Nella estaba justo donde Dan se imaginaba que estaría: tirada en el sofá con los cascos puestos, moviendo la cabeza al ritmo de cualquier música rara que estuviera escuchando y aporreando las teclas de su móvil para escribir mensajes.

A su lado había una pila de libros de cocina. El de arriba de todo se titulaba *Cocina mandarina exótica*. Dan soltó a *Saladin* para que éste pudiera explorar el apartamento. Después se fijó en la tarrina vacía de helado de cereza, su helado de cereza, encima de la mesita de café.

—¡Eh! —protestó Dan—, ¡era mío!

Por supuesto, Nella no le había oído. La joven continuó disfrutando de su música y escribiendo mensajes en su móvil hasta que Amy y Dan se pusieron justo delante de ella.

Nella frunció el ceño como si le fastidiara tener que ponerse a trabajar y se sacó un auricular.

—¿Ya estáis de vuelta? ¿Qué... os ha pasado? Venís muy sucios.

—Tenemos que hablar —anunció Amy.

Nella parpadeó. El movimiento de los ojos hacía un efecto muy chulo porque se pintaba con sombra de ojos de purpurina azul. Tenía un aro de plata nuevo en la nariz con la forma de una serpiente. Dan se preguntaba por qué querría ella una serpiente enroscada dentro de su fosa nasal.

—¿De qué tenemos que hablar, enanos?

Amy tenía aspecto de querer golpearla con el joyero. Dan sabía que su hermana odiaba que Nella la llamase enana, pero aun así Amy se dirigió a ella educadamente.

—Tene... tenemos que hablar de trabajo, de un nuevo trabajo de niñera con el que ganarás mucho dinero.

Nella se sacó el otro auricular. Habían conseguido que les prestase atención. Había tres palabras que siempre funcionaban con ella: hombres, comida y dinero.

La niñera se puso en pie. Llevaba una camiseta rajada con el dibujo de la bandera británica, unos vaqueros gastados y zapatos rosa de plástico. Su pelo parecía un montón de paja seca, la mitad era moreno y la otra mitad rubio.

Se cruzó de brazos y miró a Amy.

—Está bien, os escucho. ¿Qué tipo de trabajo?

Dan tenía miedo de que a Amy no le salieran las palabras,

pero parecía estar controlando sus nervios bastante bien. Nella no era tan intimidante como muchas de las otras niñeras que habían tenido.

—Eh... se trata de un viaje —respondió Amy—; serás nuestra acompañante.

Nella frunció el ceño.

—¿Por qué no ha venido vuestra tía a hablarme de esto?

—Es que se ha roto el cuello —dijo Dan de buenas a primeras.

Amy lo miró como diciendo: «¡Cállate!».

—¿Se ha roto el cuello?

—No es nada serio —añadió Dan—; sólo se lo ha roto un poquito, aunque va a tener que quedarse en el hospital unos días, así que ha pensado que nosotros estaríamos mejor si nos íbamos de viaje. Lo hemos hablado con nuestro tío Alistair, y él nos ha dicho que teníamos que ir con un adulto.

Por lo menos esa última parte era verdad. Dan no sabía adónde iba a llegar con aquello, pero siguió adelante. Creía que aunque sólo consiguiese confundir a Nella, ella no sospecharía que mentían.

—Es por ese juego que nuestra familia está organizando —explicó el muchacho—, una especie de búsqueda del tesoro. Visitamos un montón de sitios para divertirnos.

—¿Qué tipo de sitios? —preguntó Nella.

—Sitios de todo tipo. —Dan recordó el mapa de la biblioteca con todas aquellas chinchetas—. Eso forma parte de la diversión: de momento no sabemos qué sitios, podrían estar en cualquier parte del mundo.

—Y todo eso... ¿gratis?

Amy asintió, como si estuviera preparando el terreno para que Dan pudiese seguir con su método.

—Sí, ¡podría durar meses!, viajaríamos a lugares exóticos

donde hay mucha... comida. Comida y hombres. Y además no tendrías que estar con nosotros todo el tiempo, sólo para hacer las cosas de adulto como comprar billetes de avión, reservar hoteles y esas cosas. Tendrías mucho tiempo libre.

«Sí, por favor», pensó Dan. Nella le caía bien, pero lo último que quería era tenerla persiguiéndolos por todas partes.

—¿Cómo tenéis pensado pagar todo eso? —preguntó Nella con desconfianza.

Amy abrió el joyero y lo puso encima de la mesa. La pulsera de perlas, el anillo de diamantes y los pendientes de esmeraldas resplandecieron.

Nella se quedó boquiabierta.

—Madre mía... ¿habéis robado eso?

—¡No! —respondió la niña—, era de nuestra abuela. Ella quería que hiciésemos este viaje, lo dijo en su testamento.

Dan estaba impresionado, eso tampoco era exactamente una mentira.

Nella miraba las joyas fijamente. Después cogió su teléfono y marcó un número.

Dan se puso nervioso. Empezó a imaginarse a los servicios sociales, fueran lo que fueran, llevando a cabo una redada. Unos tipos que seguramente irían vestidos con batas blancas y redes los atrapaban y los llevaban a una casa de acogida.

—Hola —dijo Nella respondiendo al teléfono—. Mira, papá, tengo un trabajo nuevo con los Cahill.

Hubo un silencio.

—Sí, está muy bien pagado. No podré preparar la cena como había prometido.

Nella cogió el anillo de diamantes, pero Amy se lo arrancó de las manos.

—¿Cuánto tiempo? Nos vamos de viaje, así que unas cuantas semanas. Tal vez... ¿meses?

Se apartó el teléfono de la oreja. Al otro lado de la línea su padre hablaba muy rápido y a gritos en italiano.

—¡Papá! —exclamó Nella—. *Ma certo che no.* Pero el próximo semestre no empieza hasta dentro de un mes y, de todas formas, todas las asignaturas son muy aburridas. Podría asistir a más clases en primavera y...

Otro estallido de italiano furioso.

—Bueno, si me hubieses dejado estudiar cocina en lugar de obligarme a estudiar una carrera corriente...

Los gritos de su padre sonaban tan altos como una explosión nuclear.

—¿*Cosa dici,* papá? —gritó Nella—. *Scusa,* no te oigo bien, te llamo luego cuando tenga cobertura. ¡Te quiero!

Colgó el teléfono.

—Le parece bien —anunció—. Contad conmigo, enanos.

Amy había obligado a Dan a llevar una sola maleta de ropa. Pero a él no le interesaba la ropa. Echó un vistazo a su habitación, mientras decidía si llevarse alguna de sus colecciones.

Su habitación estaba llena de objetos de colección por todas partes. En una pared estaban los calcos de lápidas. Los descartó, porque tendría que enrollarlos o doblarlos para poderlos meter en la maleta y de ese modo se estropearían. Su armario estaba lleno de cajitas de plástico en las que guardaba las colecciones de cromos y de monedas, pero no se veía capaz de escoger cuáles llevarse de entre tantas. Debajo de la cama guardaba unos cajones llenos de antiguas armas de la guerra civil, los yesos de su brazo, sus fotos autografiadas de gente famosa y un montón de cosas más.

Finalmente, cogió su ordenador portátil, que había comprado al profesor de ciencias del colegio por 300 dólares. Tenía que llevárselo, porque gracias a él descubría muchas cosas y ganaba dinero. Sabía exactamente el precio de cada cromo de béisbol con sólo buscar en Internet. Había aprendido a vender sus cromos repetidos en el colegio y en algunas tiendas locales por un poco más de lo que había pagado por ellos. No era mucho dinero, pero podía ganar unos cien dólares al mes si tenía suerte, y solía ser así. Desgraciadamente, se gastaba el dinero en cosas raras en cuanto lo ganaba.

Guardó el ordenador dentro de su macuto negro y después añadió tres camisetas, unos pantalones, ropa interior, un cepillo de dientes, su inhalador y, por último, su pasaporte.

Sus padres les habían hecho los pasaportes justo antes de morir, cuando él tenía cuatro años. Dan no recordaba por qué, dado que nunca los habían usado. Grace había insistido en que los renovasen el año anterior. Ahora se preguntaba por qué sería.

Empujando con fuerza, metió el pasaporte dentro de la mochila, que estaba completamente llena. Ni siquiera una décima parte de sus cosas habría entrado en el macuto.

Hundió la mano debajo del colchón y sacó su álbum de fotos. Era una carpeta grande y blanca que contenía su colección más importante: las fotos de sus padres.

En su interior, sólo había una y tenía los bordes quemados. Era la única fotografía que había sobrevivido al incendio. Sus padres estaban en la cima de una montaña y posaban abrazados con una gran sonrisa. Los dos llevaban anorak, pantalones termales de escalada y un arnés alrededor de la cintura.

En lugar de cascos llevaban gorras, así que sus ojos estaban escondidos en la sombra. Su padre, Arthur, era alto y de piel morena, tenía el pelo oscuro, salpicado por las canas, y una bonita sonrisa. Dan se preguntaba si se parecería a él cuando fuese mayor. Su madre se llamaba Hope, un nombre que al muchacho le encantaba, pues significa «esperanza» y sentía que su madre le daba ánimos para no rendirse nunca. Ella tenía el pelo de un color marrón rojizo, como el de Amy, y era algo más joven que Arthur. A Dan le parecía que era muy guapa. La gorra que llevaba su madre era del equipo de béisbol de los Orioles de Baltimore y la de su padre era de los Red Sox. Dan se preguntaba si sería una casualidad o si ésos serían sus equipos favoritos y alguna vez habrían discutido por cuál era el mejor. No lo sabía, ni siquiera sabía si tenían los ojos verdes, como los suyos, ya que las gorras les cubrían el rostro.

Quería coleccionar más fotos de ellos. Quería saber a qué otros sitios habían ido y qué ropa llevaban. Quería ver una foto en la que saliese él con sus padres. Pero no había más fotos que añadir a la colección. Todas las fotos de su antigua casa se habían quemado y Grace había insistido en que no tenía fotografías de ellos, aunque Dan nunca entendió por qué.

Se quedó ensimismado mirando la foto y sintió algo en el estómago, un mal presentimiento. Pensó en el incendio en la mansión de Grace, en el hombre de negro, en el señor McIntyre tirado en el suelo, en la huida del tío Alistair, que conducía como un loco, y en las anotaciones que su madre había hecho en aquel libro de Benjamin Franklin.

¿Por qué era tan importante ese libro? Dan comprendía que las colecciones podían ser muy valiosas, pero no entendía qué podía ser tan valioso como para quemar una casa.

Grace debía de saber lo que hacía cuando estableció aquella competición. Ella no les habría fallado, ni a él ni a su hermana. Eso era lo que Dan se repetía a sí mismo una y otra vez tratando de autoconvencerse.

Alguien llamó a la puerta. Sacó la funda de plástico con la foto del álbum y la metió en su mochila. Estaba cerrando la cremallera cuando la puerta se abrió.

—¿Qué, bobo? —dijo Amy, tratando de no parecer desagradable—, ¿estás listo?

—Sí, sí. Casi.

Su hermana se había duchado y cambiado de ropa, llevaba puestos sus vaqueros y la camiseta verde de siempre. Hizo un gesto de aprobación al ver el macuto completamente lleno y sus colecciones dentro del armario. Dan supo que se había dado cuenta de que no se las iba a llevar.

—Si quieres, podemos llevarnos también una mochila —ofreció ella—, si crees que nos hace falta.

Para ser Amy, estaba siendo bastante considerada. Dan se quedó mirando su armario. De alguna manera sabía que no iba a volver a esa casa.

—Amy, ¿cuánto dinero crees que nos darán por esas joyas?

Ella se llevó la mano al cuello y el chico se dio cuenta de que llevaba puesto el collar de jade de Grace.

—Eh... no lo sé.

Dan entendió en seguida por qué su hermana se sentía culpable. Él no era un experto en tasación de joyas, pero supuso que el collar era una de las piezas más caras del joyero.

Si ella se lo quedaba, no conseguirían mucho dinero.

—Nos van a estafar —le advirtió él—. No tenemos tiempo para hacer las cosas bien y, de todas formas, sólo somos niños. Tendremos que llevarle las joyas a alguien que nos pague en efectivo sin hacer demasiadas preguntas. Lo más probable es que sólo consigamos unos pocos miles de dólares, menos de lo que realmente vale todo eso.

—Necesitaremos transporte para tres personas —dijo Amy, confusa— y hoteles y comida.

Dan respiró hondo.

—Voy a vender mis cromos y monedas. Hay una tienda abajo en la plaza.

—Dan, ¡has dedicado años a esas colecciones!

—Así tendremos el doble de dinero. Aunque me van a timar en la tienda, podré conseguir unos tres mil dólares por todo.

Amy lo miraba como si acabase de llegar del espacio exterior.

—Dan, ese humo debe de haberte afectado el cerebro. ¿Estás seguro?

Por alguna extraña razón, él lo tenía claro. Era más importante encontrar esas pistas que conservar su colección. Quería encontrar a quienquiera que hubiese quemado la casa de Grace. Quería descubrir el secreto de las treinta y nueve pistas. Y sobre todo, quería utilizar de una vez aquel estúpido pasaporte y hacer que sus padres se sintieran orgullosos. Tal vez durante el viaje encontrase más fotos para su álbum.

—Lo estoy —respondió.

Amy hizo entonces algo realmente repugnante: lo abrazó.

—¡Qué asco! —protestó Dan.

La empujó, separándola de él. Amy tenía lágrimas en los ojos, pero sonreía.

—A lo mejor no eres tan burro como parece.

—Bueno, vale ya. Deja de llorar y salgamos de aquí, pero... ¿adónde vamos?

—Esta noche dormiremos en algún hotel de la ciudad —respondió ella—, mañana... Se me ha ocurrido algo sobre Benjamin Franklin.

—Pero ahora ya no tienes el libro.

—No lo necesitamos. La nota de mamá decía «Seguir a Franklin». El primer trabajo de Ben Franklin fue aquí en Boston: cuando era un adolescente trabajaba en la imprenta de su hermano.

—¿Así que vamos a echar un vistazo por la ciudad?

Amy meneó la cabeza.

—Eso es lo que estáran haciendo los demás, seguro. Nosotros iremos al lugar adonde fue después, seguiremos su biografía. Benjamin Franklin no se quedó en Boston. Cuando tenía diecisiete años se escapó de la tienda de su hermano y abrió su propia imprenta en otra ciudad.

—¡Entonces nosotros también escaparemos! ¡Seguiremos a Franklin!

—Exacto —dijo Amy—, sólo espero que nadie más haya pensado en eso aún. Tenemos que comprar tres billetes de tren a Filadelfia.

—Filadelfia —repitió Dan. Todo lo que sabía de Filadelfia era que allí tenían la Campana de la Libertad y los Phillies de Filadelfia, uno de los equipos más antiguos de béisbol.

—Y cuando lleguemos allí, ¿qué tenemos que buscar?

Amy acarició el collar de jade como si la protegiese.

—Estoy pensando en un secreto que podría matarnos.

CAPÍTULO 7

Un kilómetro más allá, en la plaza Copley, Irina Spasky (nombre en código: Equipo Cinco) se preocupaba por su veneno. Había cargado los inyectores de sus uñas con la mezcla habitual, pero se temía que no fuese suficiente para ese encuentro.

Años atrás, durante la Guerra Fría, ella y sus colegas del KGB, la policía secreta de la Unión Soviética, habían utilizado paraguas que inyectaban veneno y *sprays* con toxinas para infectar asientos de inodoros. ¡Aquéllos habían sido buenos tiempos! Ahora Irina trabajaba sola, así que tenía que simplificar sus métodos. Las agujas se extendían cuando doblaba los dedos por la primera articulación. Era casi imposible verlas y causaban sólo una sensación de pinchazo. El veneno dejaba a sus víctimas muy enfermas, en el mejor de los casos, paralizadas durante muchos días, lo que solía ser más que suficiente para que Irina pudiese empezar su búsqueda en condiciones. Lo mejor de todo era que el veneno era completamente imposible de detectar y no tenía antídoto.

Desafortunadamente, actuaba despacio. Sus víctimas podían proceder con normalidad, sin mostrar síntomas durante ocho horas o más. Si tenía que incapacitar a sus enemigos con mayor rapidez, necesitaba utilizar otros medios.

Ian y Natalie Kabra no debían ser infravalorados. Unos años atrás, cuando él tenía diez años y ella siete, Irina tal vez los hubiera dominado sin problemas, pero ahora tenían catorce y once... y las cosas eran muy diferentes.

Ella deambulaba por la plaza Copley en espera de que llegaran. Se habían puesto de acuerdo en emplear tácticas generales de contravigilancia, estableciendo solamente una área general y una hora para sus encuentros. Las nubes de tormenta habían desaparecido y el cielo estaba despejado. Era una preciosa tarde de verano, como las que Irina odiaba. Tanto sol, flores y niños jugando... Ella prefería un invierno gris ceniza en San Petersburgo, un clima mucho más propicio para el espionaje.

Irina compró un café en un quiosco de la calle y después vio a Ian y a Natalie al otro lado de la plaza, caminando por delante de la iglesia de la Trinidad. Sus ojos se cruzaron rápidamente con los de ella y siguieron caminando.

Ahora era el turno de Irina. Ella los siguió manteniendo una distancia, comprobando que no les había salido ninguna «cola», es decir, que nadie los vigilaba ni los seguía, ni había ningún fotógrafo observándolos. Después de quince minutos, comprobó que tenía vía libre. Esperó a que se volviesen y la viesen.

En cuanto lo hicieron, Irina dio la vuelta y empezó a caminar. El juego se había invertido: ella los dirigió a través de la plaza en dirección a la biblioteca, consciente de que ambos estarían comprobando que no le hubiera salido ninguna cola. En caso de que viesen algo raro, Ian y Natalie tendrían que desaparecer y se abortaría el encuentro.

Después de quince minutos, Irina cambió de rumbo y vio que, desde la calle Boylston, los Kabra aún la seguían. Eso quería decir que estaba limpia. Nadie la vigilaba. Los niñc giraron en dirección al hotel Copley Plaza e Irina los siguió.

Se encontraron en el bullicioso vestíbulo, donde ninguna de las partes podría tender una emboscada a la otra.

Natalie e Ian parecían mucho más relajados, sentados uno frente al otro en los mullidos sofás. Los dos mocosos se habían cambiado la ropa del funeral. Ian llevaba un polo azul celeste, pantalones de color beige y mocasines con borlas y Natalie lucía un vestido de lino que dejaba ver su piel color café. Los ojos de los dos hermanos brillaban como el ámbar. Eran tan adorables que hacían que la gente se volviese para mirarlos, lo cual no ayudaba demasiado cuando se trataba de reuniones secretas.

—Llamáis mucho la atención —los regañó Irina—, deberíais ser más feos.

—¿Es ese sueño el que te mantiene viva, querida prima? —se rió Natalie.

Irina hubiera querido arañarle la cara de renacuajo insolente con sus uñas venenosas, pero mantuvo la compostura.

—Insúltame cuanto quieras. Pero eso no nos llevará a ninguna parte.

—Cierto —reafirmó Ian—. Tenemos un problema en común. Por favor, toma asiento.

Irina se lo pensó. Tenía que escoger si se sentaba al lado de Ian o de Natalie, y ninguna de las dos opciones era segura. Se decantó por la joven muchacha, tal vez fuese más fácil derrotarla en caso de necesidad. Natalie sonrió y le hizo un hueco en el sillón.

—¿Has considerado nuestra propuesta? —preguntó Ian.

Irina no había pensado en otra cosa desde que había recibido el mensaje de texto enviado a su móvil hacía dos horas.

ıba cifrado según un código algorítmico empleado
ente por los Lucian.

ıtió.

llegado a la misma conclusión que yo. La segunda
pista no está en Boston.

—Exacto —respondió Ian—. Les hemos pedido a nuestros
padres que nos alquilen un jet privado. Saldremos en una hora.

«Alquilar un jet privado», pensó Irina con resentimiento.
Había conocido a los padres de los Kabra en los viejos tiempos.
Eran coleccionistas de arte de renombre internacional. Habían sido unas personas peligrosas e importantes en la rama
de los Lucian, pero ahora estaban retirados en Londres y se
dedicaban a mimar a sus hijos. Dejaban que Ian y Natalie
viajasen cuanto quisieran y les rellenaban tantos cheques en
blanco como necesitasen.

¿Qué más les daban las 39 pistas a aquellos mocosos? Ésa
era una aventura más para ellos. Irina tenía sus propias razones para encontrar el tesoro, razones mucho más personales.
Los Kabra eran demasiado ricos, demasiado inteligentes y demasiado orgullosos, pero algún día... Algún día, Irina cambiaría las cosas.

—Entonces, ¿adónde vais a ir? —preguntó ella.

Ian se incorporó en su asiento y extendió los brazos. No
aparentaba catorce años. Cuando sonreía, parecía tan malvado como si fuera un adulto.

—Sabes que se trata de Benjamin Franklin, ¿verdad?

—Sí.

—Entonces ya sabes adónde vamos y qué buscamos.

—También sabes —apuntó Natalie— que no podemos dejar
que el secreto caiga en manos ajenas. Como buenos Lucian,
deberíamos trabajar juntos. Tú podrías tender la trampa.

El tic del ojo de Irina la delataba, se había puesto nerviosa. Odiaba que le pasase aquello, pero no podía evitarlo.

—Podríais tender la trampa vosotros mismos —contestó ella.

Natalie respondió negando con la cabeza.

—De nosotros sospecharían, pero tú podrías llevarlos a su perdición.

Irina dudó por un instante, tratando de encontrar algún fallo en el plan.

—¿Qué gano yo con todo esto?

—Ellos son una gran amenaza para nosotros —apuntó Ian—; puede que aún no se hayan dado cuenta, pero es sólo cuestión de tiempo. Tenemos que eliminarlos cuanto antes. Nos beneficiará a todos y, además, tú tendrás la fortaleza de los Lucian a tu disposición. Ya habrá tiempo de enfrentarnos entre nosotros más adelante, ahora debemos destruir a la competencia.

—¿Y qué pasa con los Madrigal? —preguntó ella.

Por un segundo, la cara de Ian reflejó su nerviosismo, o eso le pareció a Irina.

—Paso a paso, prima.

Irina odiaba admitirlo, pero el muchacho tenía razón. Se examinó las uñas con indiferencia, asegurándose de que cada una de las agujas estaba preparada.

—¿No os parece extraño —preguntó ella lentamente— que la base de datos de los Lucian tenga tan poca información sobre Franklin?

Sabía perfectamente que ellos habrían entrado en la unidad principal de la rama Lucian, igual que había hecho ella.

Los ojos de Ian parpadearon en señal de enfado.

—No hay demasiado, es cierto. Por lo visto, Franklin escondía algo... incluso a sus propios familiares.

Natalie sonrió a su hermano con frialdad.

—Un Lucian que no se fía de sus familiares, imagínatelo.

Ian rechazó su comentario.

—Tus quejas no cambiarán nada. Tenemos que ocuparnos de Amy y de Dan. Prima Irina, ¿estamos de acuerdo?

Las puertas del hotel se abrieron y un hombre rollizo, de traje marrón, entró velozmente y se dirigió a recepción. Parecía estar fuera de lugar, quizá se tratase de un guardia de seguridad o de un policía de incógnito; tal vez no tuviese nada que ver con ellos, pero aun así Irina no podía fiarse. Habían estado ahí sentados durante demasiado tiempo. Alargar su reunión podía ser peligroso.

—Muy bien —dijo Irina—, prepararé la trampa, entonces.

Natalie e Ian se levantaron. Irina se sintió aliviada y quizá también halagada, pues los Kabra necesitaban su ayuda. Después de todo, ella era mayor que ellos y tenía más experiencia.

—Me alegra que hayamos llegado a un acuerdo. No me habría gustado tener que haceros daño —dijo Irina, sintiéndose generosa.

—Por supuesto, a nosotros también nos alegra —aseguró Ian—; Natalie, creo que ahora ya no corremos ningún riesgo.

Irina hizo un gesto de incomprensión y después miró a Natalie, aquella joven muchacha que parecía tan inofensiva con su vestido blanco, y se dio cuenta de que la endemoniada chiquilla sostenía una diminuta cerbatana de plata escondida en la mano, a menos de cinco centímetros del pecho de la mujer. A Irina se le paralizó el corazón; ella misma había usado ese tipo de armas anteriormente. Esos dardos podían contener venenos bastante peores que los que ella se atrevía a llevar en las uñas.

Natalie le ofreció una de sus mejores sonrisas sin dejar de apuntar el arma.

—Ha sido estupendo volver a verte, Irina.

—De hecho —añadió Ian altivamente—, te daría la mano, prima, pero no me gustaría arruinar tu manicura especial. Avísanos cuando hayas eliminado a Amy y a Dan, ¿de acuerdo?

CAPÍTULO 8

Amy supo que algo había ido mal en cuando vio a Nella salir del servicio de alquiler de coches. Tenía el ceño fruncido y llevaba un sobre marrón grueso y acolchado.

—¿Qué es eso? —preguntó Amy.

—Es para vosotros, chicos —dijo Nella, alargándoles el paquete—, alguien lo entregó en el mostrador esta mañana.

—Eso es imposible —respondió Amy—, nadie sabe que estamos aquí.

Pero mientras lo decía, un escalofrío le recorrió la espalda. Habían reservado los billetes del tren y el coche de alquiler por Internet la noche anterior, a nombre de Nella. ¿Era posible que alguien los hubiese rastreado tan rápidamente?

—¿Qué pone en el sobre? —preguntó Dan.

—A la atención de A. y D. Cahill —leyó Nella—, de W. McIntyre.

—¡El señor McIntyre! —Dan cogió el paquete.

—¡Espera! —gritó Amy—, podría ser una trampa.

Dan puso los ojos en blanco.

—¡Venga ya!, si es del señor...

—Puede haberlo dejado cualquiera —insistió Amy—. Podría explotar o algo peor.

—Venga ya, esto es demasiado —dijo Nella—. ¿Por qué razón enviaría alguien una bomba a un par de niños? ¿Y quién es ese tal McIntyre?

—Yo creo que debemos dejar que sea Nella quien lo abra —sugirió Dan con una sonrisa de oreja a oreja.

—¡De eso nada! —respondió Nella.

—Pero tú eres nuestra niñera, ¿no se supone que tienes que protegernos desactivando explosivos y esas cosas?

—Yo conduzco, enano. ¡Con eso basta!

Amy suspiró y cogió el paquete, caminó hacia el aparcamiento alejándose bastante de ellos, puso la solapa del sobre de manera que Dan y Nella no pudieran verla y luego abrió el sobre.

No pasó nada. En el interior había un cilindro metálico parecido a una linterna, sólo que la luz era una tira de cristal violeta que bajaba por un lado. Había también una nota adjunta escrita de forma descuidada, como si el autor tuviese prisa:

Nos vemos en el Independence Hall esta tarde a las ocho, pero sólo si encontráis la información.

W. M.

(P.D. Gracias por llamar a la ambulancia.)

—¿Qué información? —preguntó Dan, leyendo de reojo.

—La siguiente pista, supongo.

—¿Qué pista? —quiso saber Nella.

—Nada —respondieron Dan y Amy.

Nella apartó de un soplido un mechón de pelo que le caía encima de los ojos.

—Da igual. No os mováis de aquí, en seguida traigo el coche.

Los dejó esperando con las maletas y con *Saladin*, al que llevaban en su nueva jaula. El gato no estaba demasiado contento con su nueva forma de viajar, y tampoco a Nella le hacía mucha gracia cargar con el atún que habían llevado para que *Saladin* estuviera más tranquilo, pero Amy no había sido capaz de dejarlo solo.

—Miau —maulló *Saladin*.

Amy se agachó y le acarició la cabeza entre las barras.

—Dan, tal vez no deberíamos ir a ese encuentro. El señor McIntyre nos dijo que no confiásemos en nadie.

—¡Pero la nota es suya!

—Podría ser una farsa.

—¡Eso lo vuelve aún mejor! ¡Tenemos que ir!

Amy se toqueteó el pelo. Odiaba que Dan no la tomase en serio y eso podía ser arriesgado.

—Para poder ir, dice que antes tenemos que encontrar la información.

—Pero tú sabes dónde buscar, ¿no? Tú eres inteligente y esas cosas.

«Inteligente y esas cosas», como si eso fuera suficiente para rastrear una pista en una ciudad tan grande. Antes de que dejaran Boston, había derrochado algo de dinero comprando algunos libros sobre Benjamin Franklin y Filadelfia a sus amigos de la tienda de libros usados. Se había pasado todo el viaje en tren leyendo, así que...

—Tengo algunas ideas —admitió—, pero no sé dónde acabaremos, es decir, ¿has pensado qué podría ser ese tesoro final?

—Algo guay.

—No veas qué gran ayuda, Dan. Lo que quiero decir es: ¿qué podría convertir a alguien en el Cahill más importante de la historia? ¿Y por qué serán exactamente treinta y nueve pistas?

Dan se encogió de hombros.

—El treinta y nueve es un número bonito. Es trece veces tres y es también la suma de cinco números primos consecutivos: tres, cinco, siete, once y trece; además, si sumas las tres primeras potencias del número tres: tres más tres al cuadrado más tres al cubo, obtienes el número treinta y nueve.

Amy lo miró atónita.

—¿Y tú cómo sabes eso?

—¿Qué quieres decir? Es obvio.

Amy movió la cabeza consternada. Dan actuaba como un tonto la mayor parte del tiempo, y de vez en cuando decía cosas como ésa: sumando números primos o números elevados al cubo en los que a ella nunca se le habría ocurrido pensar. Su padre había sido profesor de matemáticas en la universidad y por lo visto Dan había heredado su habilidad con los números. A Amy, sin embargo, sólo recordar los números de teléfono ya le costaba trabajo.

La muchacha cogió el extraño cilindro metálico que el señor McIntyre les había enviado y lo encendió; la luz que producía era violeta.

—¿Qué es esa cosa?

—No lo sé —respondió Amy—, pero creo que vamos a tener que averiguarlo antes de las ocho.

Amy odiaba los coches casi tanto como odiaba las multitudes. Se había prometido a sí misma que cuando fuese mayor vivía en un sitio donde no hiciera falta conducir. Y en parte se debía a que ya había viajado anteriormente con Nella en coche.

Nella había alquilado un Toyota híbrido. Según ella, era más ecológico, lo que a Amy le parecía bien, pero costaba doscientos cincuenta y ocho dólares al día y el modo en que Nella tomaba las curvas y pisaba el acelerador no le parecía demasiado «verde».

Estaban en la autopista interestatal número 95 y se dirigían al centro de la ciudad cuando a Amy se le ocurrió mirar detrás de ellos. No estaba segura de por qué, pero tenía una sensación de picor en el cuello que le decía que alguien la observaba, lo cual no era mentira.

—Nos están siguiendo —anunció.

—¿Qué? —preguntó Dan.

—Cinco coches más atrás —respondió Amy—, un Mercedes gris. Son los Starling.

—¿Un Starbucks? —preguntó Nella entusiasmada—, ¿dónde?

—«Starling» —le corrigió Amy—. Son familiares nuestros: Ned, Ted y Sinead.

Nella resopló.

—Ésos no serán sus verdaderos nombres, ¿verdad?

—No estoy de broma —dijo Amy—, es por lo de la búsqueda del tesoro. No podemos permitir que nos sigan, tenemos que despistarlos.

No hacía falta que se lo dijeran dos veces. Nella dio un volantazo y el Toyota atravesó tres carriles. *Saladin* maulló. Justo cuando iban a chocar contra los guardarraíles, muy disimuladamente, la joven conductora se incorporó suavemente a un carril de salida.

Lo último que Amy consiguió ver de los Starling fue la cara

pecosa de Sinead pegada a la ventanilla del Mercedes, boquiabierta al ver cómo Amy y Dan habían logrado perderlos de vista.

—¿Están lo suficientemente despistados? —preguntó Nella.

—Miau —protestó *Saladin*.

—¡Podrías habernos matado! —dijo Dan con una gran sonrisa en la boca—. ¡Hazlo de nuevo!

—¡No! —exclamó Amy—. Vamos a la calle Locust, ¡y rapidito!

Su primera parada fue la biblioteca Company of Philadelphia, un gran edificio de ladrillos rojos en el centro de la ciudad. Amy y Dan le pidieron a Nella que esperase en el coche con *Saladin* y después subieron la escalinata de la puerta de entrada.

—Vaya, otra biblioteca —dijo Dan—. Espero que siga nuestra suerte con las bibliotecas.

—Franklin fundó este lugar —le contó Amy—. Aquí se conservan muchos libros de su colección personal. Si pudiésemos convencer a los bibliotecarios...

—¿Por qué tanta insistencia con Benjamin Franklin? Vale, es el tío que inventó la electricidad o lo que sea, pero eso fue hace cientos de años.

—Él no «inventó» la electricidad —le rectificó Amy tratando de parecer no impertinente—, descubrió que un rayos estaban cargados de electricidad, inventó los pararrayos para proteger los edificios, experimentó con pilas y...

—Ey, yo también. ¿Alguna vez te has puesto una pila en la lengua?

—Eres un idiota. La cuestión es que Franklin era famoso por muchas razones. Empezó haciéndose rico con su imprenta y después, como científico, inventó un montón de cosas. Más tarde ayudó a escribir la Declaración de Independencia y la Constitución. Fue incluso embajador en Inglaterra y en Francia. Fue brillante y mundialmente famoso. Le caía bien a todo el mundo y vivió hasta los ochenta y tantos años.

—Superman —respondió Dan.

—Algo así.

—Entonces, ¿tú crees que él sabía qué es... este tesoro que estamos buscando?

Amy no había pensado en eso. Franklin había sido una de las personas más influyentes de la historia. Si era un Cahill y sabía de la existencia de este secreto familiar...

—Creo que —dijo ella— será mejor que lo averigüemos.

La joven abrió las puertas y dejó pasar a Dan.

Afortunadamente, los bibliotecarios estaban teniendo un día tranquilo y Amy no se mostró nada tímida con ellos. Adoraba a los bibliotecarios. Cuando les dijo que ese verano estaba realizando un proyecto de investigación sobre Benjamin Franklin y que necesitaba consultar documentos históricos, se desvivieron por ayudarla.

Les hicieron ponerse guantes de látex y trabajar en una sala de lectura climatizada mientras ellos iban llevando libros antiguos para que los viesen.

La bibliotecaria les llevó el primer libro y Amy exclamó:

—¡Éste es el primer dibujo de Franklin!

Dan torció la vista tratando de verlo desde otro ángulo. La imagen mostraba una serpiente cortada en trece partes, cada una etiquetada con el nombre de una colonia americana.

—No es muy divertido para ser un dibujo —opinó Dan.

—No fue hecho con intención de divertir —respondió Amy—; en aquella época, los dibujos se hacían para evidenciar un problema o hacer una observación importante. Con este dibujo decía que si las colonias no se aliaban, Gran Bretaña las dividiría.

—Ya veo. —Dan dirigió la atención a su ordenador. Llevaban unos cinco minutos en la biblioteca y allí estaba él, aburriéndose ya, tecleando en su ordenador en lugar de ayudar a su hermana.

Amy estudió minuciosamente los otros documentos: un periódico que se había impreso en la imprenta de Franklin, una copia que Franklin había poseído del Progreso del Peregrino. Tantas cosas impresionantes... Pero ¿qué estaba buscando ella exactamente? Amy se sentía presionada y nunca había trabajado bien bajo presión.

—¿Has encontrado lo que buscabas? —preguntó la bibliotecaria. Tenía el pelo encrespado y llevaba gafas, parecía una especie de bruja buena.

—Creo que necesito algo más. Algo que fuera... importante para Franklin.

La bibliotecaria se paró a pensar.

—Sus cartas eran algo importante para Franklin. Escribió muchas, muchas cartas a sus amigos y familiares porque vivió mucho tiempo en Europa. Te traeré unas cuantas. —Se ajustó las gafas y salió de la habitación.

—Franklin también inventó eso —dijo Amy distraídamente.

Dan frunció el ceño.

—¿A los bibliotecarios?

—¡No! ¡Las gafas! Cortó dos lentes y las pegó mitad contra mitad, para poder ver bien de lejos y de cerca con el mismo par.

—Ah. —Dan no parecía estar impresionado. Continuó jugando con su portátil. Tenía la misteriosa linterna del señor McIntyre delante de él y no paraba de encenderla y apagarla.

La bibliotecaria les llevó un montón de cosas nuevas, incluyendo antiguas cartas guardadas en sobres de plástico. Amy las leyó, pero se sintió más desesperanzada que nunca. No había nada que le llamara la atención. Ningún documento gritaba «pista».

De repente, Dan se incorporó en su asiento.

—¡Lo he encontrado!

—¿Qué has encontrado? —Ella había asumido que Dan estaba jugando con sus videojuegos, pero cuando el muchacho giró el ordenador para que su hermana pudiera echar un vistazo a la pantalla, vio una foto de una linterna como la que el señor McIntyre les había enviado.

—¡Es un lector de negro fluorescente! —anunció el muchacho.

—¡Muy ingenioso! Nosotros tenemos uno de ésos en nuestra colección.

Amy levantó la vista del papel.

—¿Por qué? ¿Para qué sirven?

—Revelan escrituras secretas —respondió la bibliotecaria—. Durante la Guerra de Independencia de Estados Unidos, los espías utilizaban tinta invisible para enviar mensajes en documentos que parecían inofensivos, como cartas de amor o pedidos a comerciantes. El destinatario usaba el calor o algún producto químico para hacer que las palabras secretas apareciesen entre las líneas. Obviamente, nosotros no podemos estropear nuestros documentos con productos químicos, así que utilizamos un lector de éstos para buscar mensajes secretos.

Amy cogió el lector de negro fluorescente.

—¿Podemos...?

—Puedo ahorrarte tiempo, querida —respondió la bibliotecaria—. Comprobamos todos nuestros documentos coloniales como regla general. Desgraciadamente, no hay mensajes secretos en ellos.

A Amy se le cayó el alma a los pies. Habían desperdiciado su tiempo en la biblioteca y aún no sabía qué estaba buscando. Tenía una lista mental sobre otros lugares que podía visitar, pero era muy larga. Era imposible que consiguiesen visitarlos todos antes de esa noche a las ocho.

«Mensajes secretos.» Franklin había escrito muchas cartas a sus amigos y familiares cuando vivía en Europa. «Sigue a Franklin.» Se le estaba ocurriendo una idea loca.

Amy miró a la bibliotecaria.

—Ha dicho que sus cartas eran muy importantes para él. ¿Hay algún otro lugar donde tengan expuestas cartas de Franklin?

La bibliotecaria sonrió.

—Pues estás de suerte, algunos de sus documentos escritos a mano más famosos están expuestos este mes en el Instituto Franklin en el...

—¿El museo de ciencias? —Amy se apresuró—. ¿En la calle Veinte?

—Exacto —respondió la bibliotecaria sobresaltada—, pero ¿cómo...?

—¡Gracias! —Amy salió a toda prisa de la habitación con Dan detrás de ella.

No tardaron mucho tiempo en llegar con el coche hasta el Instituto Franklin. A Nella no le hacía mucha gracia quedarse de nuevo en el coche con el gato, pero Dan y Amy la convencieron de que no tardarían mucho. Corrieron hacia el edificio y en la entrada vieron una estatua de mármol blanco de seis metros de altura en la que Benjamin Franklin estaba sentado en una silla, observándolos.

—¡Madre mía! ¡Eso sí que es un Big Ben!

Amy asintió.

—Al final de su vida, pesaba tanto que tenían que transportarlo allá adonde fuera en un palanquín que cargaban cuatro corpulentos convictos.

—Qué bárbaro —respondió Dan—, yo también quiero un palanquín.

—Tú pesas menos de cincuenta kilos.

—*RESOLUTION*: Comer más helados.

—¡Venga, vamos!

El museo era enorme. Pasaron por delante del monumento y de la taquilla y después siguieron el mapa hasta llegar a la Galería de Franklin. Era ya tarde y el lugar estaba bastante desierto.

—¡Mira esto! —Dan cogió un brazo mecánico y sujetó la muñeca de Amy con él.

—¡Para ya! —dijo ella—, Franklin inventó eso para alcanzar cosas que están en estantes elevados, no para molestar a tu hermana.

—Seguro que si hubiera tenido una hermana...

—¡Tenía una hermana, Dan! Venga, date prisa, tenemos que encontrar sus cartas. Céntrate.

Siguieron caminando. Encontraron una exposición de los pararrayos de Franklin, un montón de gafas y una de sus baterías para generar electricidad: una caja de madera llena de tarros de cristal comunicados entre sí por cables.

—Esa cosa es enorme —dijo el muchacho—, y eso es como una batería, ¿no? ¿Y eso, qué es eso?

Corrió hacia otro objeto que estaba siendo exhibido. Se trataba de una caja de madera de caoba en la que había una hilera de platillos de cristal muy apretados entre sí, como una pila de cuencos de cereales.

—Es una armónica —respondió Amy, leyendo la descripción—; al frotar los bordes de los cristales se oye música.

—Asombroso, ¿y también lo inventó Franklin?

—Sí. Aquí dice que estuvo de moda durante un tiempo y que muchos compositores escribieron música para...

Amy se quedó petrificada. Un hombre alto de pelo gris acababa de atravesar el vestíbulo de la galería de enfrente y se dirigía al mostrador de información. Llevaba puesto un traje negro.

—¿Qué? —preguntó Dan.

Agarró a su hermano de la mano y se adentraron en la galería. No pararon hasta encontrarse a dos salas de distancia y se escondieron detrás de una enorme esfera de cristal que representaba el sistema solar.

—¿Qué estará haciendo aquí? —dijo Amy preocupada.

—Ni idea —respondió Dan—; como el incendio no funcionó, ¡ha venido a por nosotros! No podemos salir por la entrada principal, estará esperando para atraparnos en cuanto lo intentemos.

Amy, nerviosa, empezó a mirar a su alrededor buscando otra salida, y entonces se dio cuenta de lo que tenían allí, justo a su lado. Documentos. Expositores llenos de documentos de pergamino amarillento, escritos con una caligrafía serpenteante.

—¡Las cartas de Franklin! —dijo ella—; rápido, dame el lector de negro fluorescente.

Dan rebuscó en su mochila y sacó la linterna. La pasaron por la primera carta y la alumbraron a través del cristal. El documento parecía ser un tipo de solicitud de suministros. Decía así:

Señor, últimamente he estado escribiendo a Nueva York, así que espero que le lleguen mis cartas. En estos momentos sólo tengo tiempo para solicitarle que me envíe los siguientes productos, a saber:

1 docena — Diccionarios de inglés de Cole
3 docenas — Libros de contabilidad Mathers Young Man's Compan'n
1 Medida — Iron Solute
2 — Atlas marinos Quarter Waggoners de América

La luz violeta iluminó el papel, pero no descubrió nada nuevo.

—¡Siguiente! —dijo Amy. Estaba segura de que el hombre de negro iba a dar con ellos en cualquier momento.

—¡Vaya! —exclamó Dan.

Amy le agarró del brazo.

—¿Lo has encontrado?

—No, pero mira este informe: «A la Royal Academy». Escribió todo un informe sobre pedos —dijo Dan con una sonrisa de oreja a oreja—. Propone un estudio científico de los diferentes olores de los pedos. Tienes razón Amy, este tío era un genio.

—¡No seas bobo, Dan! ¡Sigue buscando!

Alumbraron cuatro documentos más escritos por Franklin, pero no encontraron nada en ellos. Después, en el quinto, Dan exclamó:

—¡Aquí!

Por suerte, no era otro informe sobre pedos. Se trataba de una carta que Franklin había escrito en París en 1785 a un tal Jay. Amy no sabía de qué hablaba la carta y no tenía tiempo de leerla, pero al pasar el lector de negro fluorescente, entre las líneas de la carta se veían unas frases, un mensaje secreto escrito con la caligrafía de Franklin:

> *Pronto habré de abandonar*
> *Este increíble lugar*
> *Y tendré que dejar atrás*
> *Lo que ha dividido a mi clan.*

Más abajo, dibujado a mano, había un escudo con dos serpientes enroscadas alrededor de una espada.

Amy suspiró.

—Es uno de los escudos de la biblioteca de Grace, el de la L. ¡Franklin debía de ser un Lucian!

—¿Así que ésta es la segunda pista? —preguntó Dan—, ¿o es una pista de la pista?

Se oyó el clic de una cámara.

—Eso da igual —dijo la voz de una niña—, buen trabajo.

Amy se dio la vuelta y se vio rodeada por los Starling. Los tres vestían del mismo modo, que además, como siempre, era de un estilo muy pijo: pantalones verde caqui, polos con los botones abrochados y mocasines. El pelo de Sinead era castaño rojizo y lo llevaba recogido en una coleta. Ella estaba en medio de sus hermanos, Ted y Ned, que sonreían de manera poco amigable. La niña sujetaba un móvil, que obviamente había utilizado para sacar una foto de la pista que habían encontrado Amy y Dan.

—Nos despistasteis bastante en la autopista —admitió Sinead—. Afortunadamente, no había demasiados lugares relacionados con Franklin a los que pudieseis haberos dirigido. Gracias por la pista.

La muchacha arrancó el lector de negro fluorescente de las manos de Dan.

—Ahora escuchad atentamente. Vosotros dos, mocosos, os vais a quedar en el museo durante media hora. Dadnos algo de ventaja o nos veremos obligados a ataros. Si os vais antes, os juro que Ted y Ned se enterarán y no les hará ninguna gracia.

Sus dos hermanos se rieron con maldad.

Sinead se dio la vuelta dispuesta a marcharse cuando Amy de repente dijo:

—¡Es... es... esperad! Hay un hombre... —Amy intentó seguir hablando, pero los Starling la miraban fijamente y se sentía como si le hubiesen tirado encima un jarro de agua.

—¿Qué hombre?

—¡Ha estado observándonos y siguiéndonos! —dijo Dan—. No es seguro salir por la puerta principal.

Sinead sonrió.

—¿Os preocupáis por nuestra seguridad? Sois muy amables, lo que pasa es que... —Sinead se acercó y, clavándole el dedo en el estómago con cada palabra, le dijo—: No me fío de ti.

Sinead y sus hermanos se rieron, después se dieron la vuelta y corrieron hacia la salida principal.

Antes de que Amy pudiese siquiera pensar en qué hacer, un horrible zumbido muy grave hizo vibrar el suelo. Después se oyó: ¡bum!

Los expositores de cristal se hicieron añicos y todo el edificio se bamboleó. Amy salió despedida encima de Dan y los dos se desplomaron en el suelo.

Cuando la muchacha se incorporó, veía todo borroso. No estaba segura de cuánto tiempo había permanecido así, aturdida. Tambaleándose, consiguió ponerse en pie y tiró a Dan de un brazo.

—¡Levántate! —dijo ella, pero no podía oír su propia voz.

—¿Qué? —leyó Amy en los labios de su hermano.

Con dificultad, lo ayudó a levantarse y juntos corrieron hacia la salida. El humo y el polvo flotaban en el aire y las luces de emergencia de las alarmas de incendio estaban encendidas. Un montón de escombros bloqueaba la salida de la Galería de Franklin, como si se hubiera desplomado parte del techo. En el suelo, junto a los pies de Amy, se encontraba el lector de negro fluorescente, hecho pedazos, y el móvil de Sinead.

No había señal de los Starling por ningún lado.

CAPÍTULO 9

Dan decidió que las explosiones eran geniales, pero sólo cuando él no estaba cerca.

Durante todo el camino hasta el Independence Hall, Amy se aferró a la jaula de *Saladin* como si fuese su salvavidas. Nella les gritó por ser tan imprudentes. Dan oía tan mal que le parecía como si ella estuviera en el fondo de una pecera.

—¡No me lo puedo creer! —dijo Nella—. ¿Una bomba de verdad? ¡Pensé que estabais de broma!

Amy se secó las lágrimas.

—Los Starling... Ellos...

—Tal vez estén bien —dijo Dan, pero hasta a él le sonaba poco convincente. No habían esperado a que llegase la policía. Se habían puesto tan histéricos que se habían marchado sin pensárselo dos veces, así que el muchacho no tenía ni idea de qué les había pasado a los trillizos. No le pareció buena señal haber encontrado el teléfono de Sinead junto a un montón de escombros que habían caído del techo.

Nella dio un volantazo y tomaron la calle Seis.

—Chicos, esto es muy serio. Alguien ha intentado mataros. No puedo ser vuestra niñera si...

—Cuidadora —le corrigió Dan.

—¡Lo que sea!

Paró el coche enfrente del Independence Hall. El sol empezaba a ponerse y, a la luz de la tarde, el lugar se veía exactamente igual que en los vídeos de la escuela: un edificio de ladrillo de dos plantas con una torre del reloj blanca, rodeado de árboles y flores. Allí en medio se alzaba la estatua de un revolucionario. Al compararlo con los enormes edificios de alrededor, el monumento no parecía tan impresionante, pero Dan creía que, en su día, probablemente fuese el edificio más grande de la ciudad. Podía imaginarse a Franklin y a todos sus amigos de pelucas empolvadas y sombreros de tres picos reuniéndose en la escalinata para hablar de la Declaración de Independencia, o de la Constitución, o tal vez de la última propuesta de Benjamin para estudiar los pedos. El escenario le hizo pensar en los exámenes de historia, que eran casi tan horribles como las explosiones en un museo.

—Está bien, chicos —dijo Nella—, se acabó el trato. Sea lo que sea en lo que os habéis metido, es demasiado peligroso para un par de niños. Así que voy a llevaros de nuevo con vuestra tía.

—¡Ni hablar! —exclamó el chico—. Nella, no puedes hacer eso. Ella nos...

Se detuvo, pero Nella lo miró fijamente con sus ojos pintados de purpurina azul.

—¿Ella qué?

Dan miró a Amy buscando ayuda, pero ella tenía los ojos fijos en la ventana; aún no había salido del shock.

—Nada —respondió Dan—. Nella, esto es importante. Por favor, espera.

Nella estaba que echaba chispas.

—Tengo unas seis canciones más en mi lista de reproducción, ¿vale? Cuando la última canción acabe, si no estáis de vuelta en el coche y dispuestos a explicármelo todo con pelos y señales, te aseguro que llamaré a Beatrice.

—¡De acuerdo! —prometió el joven.

El muchacho intentó empujar a Amy fuera del coche, pero ella debía de seguir en estado de shock, porque se aferró a la jaula de *Saladin*.

—¿Qué haces? —preguntó Dan—. Déjalo aquí.

—No —respondió Amy, tratando de cubrir la jaula con una manta—. Tenemos que llevarlo.

El chico no entendía por qué, pero decidió no discutir. Se apresuraron por el camino de entrada y, cuando ya estaban subiendo la escalinata, Dan se dio cuenta de que a aquellas horas de la noche el lugar estaba cerrado.

—¿Cómo vamos a entrar?

—¡Niños! —los llamó una voz—. ¡Estoy aquí!

William McIntyre estaba apoyado en el edificio, medio escondido detrás de un rosal. Amy corrió hacia él y abrazó al viejo abogado, que parecía avergonzado. Tenía el brazo izquierdo vendado y un corte bajo su ojo derecho, pero aparte de eso, lucía muy buen aspecto para un hombre que acababa de salir del hospital.

—Me alegra saber que están a salvo —dijo—. Oí lo del Instituto Franklin en las noticias. Supongo que estaban allí, ¿no?

—Ha sido horrible —dijo Amy.

La joven le explicó al señor McIntyre toda su historia: desde lo que había pasado en la biblioteca secreta de la mansión de Grace hasta lo del hombre de negro en el museo y la desaparición de los Starling tras la explosión.

El señor McIntyre frunció el ceño.

—Llamé al Hospital Universitario Jefferson. Los Starling sobrevivirán, pero están muy heridos. Necesitarán meses para recuperarse, lo que los elimina de la competición, me temo.

—Fue el hombre de negro —dijo Dan—. Esa trampa iba dirigida a nosotros.

Al señor McIntyre le dio un tic en un ojo. Se sacó los anteojos y los limpió con su corbata; su nariz hacía una sombra en un lado de su cara.

—Esta explosión... Según la descripción que me han dado ustedes, yo diría que se trataba de un detonador sónico, un instrumento muy sofisticado, diseñado para impactar y causar daño en un lugar localizado. El que lo hizo sabía lo que hacía.

—¿Desde cuándo sabe tanto de explosivos? —preguntó Dan.

El anciano lo miró detenidamente y el joven tuvo el repentino presentimiento de que William no siempre había sido abogado. Había visto muchas cosas en su vida, cosas muy peligrosas.

—Dan, ha de ir con cuidado. Esta explosión casi supone el fin de la competición para usted. Yo esperaba poder mantenerme al margen, sin tomar partido a favor de ningún equipo, pero cuando la mansión de su abuela se incendió... bueno, me di cuenta de en qué aprieto les había metido.

—¿Por eso nos envió el lector de negro fluorescente?

El señor McIntyre asintió.

—Me preocupa que los otros equipos se centren tanto en eliminarles a ustedes en particular. Parecen estar empeñados en dejarles fuera de combate.

—¡Pero no lo han conseguido! —exclamó Dan—. Tenemos la segunda pista y nadie más la tiene, ¿verdad?

—Dan, lo que ha encontrado es simplemente una guía hacia la segunda pista. No me malinterprete, es una buena guía y me alegro de que el lector de negro fluorescente les haya sido útil. Es más, se trata de la única guía. Los otros equipos tal vez encuentren diferentes caminos que los lleven a la siguiente pista o, si creen que ustedes están en posesión de información útil, tal vez simplemente les sigan y les roben la información, tal como intentaron hacer los Starling.

Dan quería patear la pared. Cada vez que tenían un respiro, algo malo pasaba, o se enteraban de que no estaban tan cerca de la siguiente pista como se pensaban.

—Entonces, ¿cómo sabremos que hemos encontrado la segunda pista, la de verdad? ¿Es que tendrá escrito en letras grandes «pista número dos»?

—Lo sabrán —respondió el señor McIntyre—; será más... sustancial. Una pieza esencial en el puzle.

—Genial —protestó el muchacho—, ya lo tengo todo más claro.

—Pero ¿y si Nella tiene razón? —preguntó Amy con voz temblorosa—. ¿Y si esto es demasiado peligroso para un par de niños?

—No digas eso —gritó el chico.

Amy lo miró. A Dan le pareció que los ojos de su hermana eran como el cristal roto, tenían ese brillo y ese aspecto frágil.

—Dan, casi morimos —sollozó la joven—; los Starling están en el hospital y es tan sólo el segundo día de la competición. ¿Cuánto tiempo crees que podremos aguantar así?

El joven sintió que la garganta se le secaba. Amy tenía razón. Pero ¿podían abandonarlo todo de esa manera? Se imaginó volviendo con Beatrice y disculpándose. Podría reclamar su colección, volver a la escuela y tener una vida normal en la que la gente no intentara atraparlo entre las llamas o hacerlo salir volando a cada rato.

El señor McIntyre debió de intuir los pensamientos de Dan, porque la cara del anciano palideció.

—Niños, ésa no es una opción.

—Sólo... sólo somos niños —tartamudeó Amy—. No puede esperar que...

—Querida, ya es muy tarde para eso.

Parecía que el señor McIntyre sintiese pánico... terror al pensar en la idea de que dejasen la competición. Dan no entendía por qué. El hombre suspiró profundamente. Parecía que trataba de calmar sus nervios.

—Niños, no pueden volverse atrás. Su tía Beatrice estaba furiosa cuando desaparecieron. Ha estado hablando de contratar a un detective que los encuentre.

—¡A ella no le importa lo que pueda pasarnos! —exclamó Dan.

—Aunque eso sea verdad, mientras no les entregue a los servicios sociales, se meterá en problemas si les pasa algo. Si regresan a Boston, serán enviados a casas de acogida, hasta es posible que no puedan permanecer juntos. Ya no pueden regresar a su antigua vida.

—¿Usted no podría ayudarnos? —preguntó Amy—. Al fin y al cabo usted es abogado.

—Ya les estoy ayudando demasiado. Lo único que puedo ofrecerles es algo de información de vez en cuando.

—¿Qué tipo de información?

El señor McIntyre bajó la voz.

—Uno de los competidores, Jonah Wizard, se está preparando para cruzar el Atlántico. Me temo que pronto se encontrarán con él. Él y su padre han hecho reservas en primera clase esta mañana en Nueva York.

—¿Adónde van? —preguntó el chico.

—Si piensan un poco en la información que acaban de encontrar, lo averiguarán.

—Sí —respondió Amy—, yo ya lo tengo. Nosotros llegaremos allí antes.

Dan no sabía a qué se refería su hermana, pero se alegró al verla enfadada de nuevo. No le gustaba hacerle pasar por un mal momento cuando estaba llorando.

El señor McIntyre suspiró aliviado.

—Entonces, ¿siguen en la competición? ¿No se van a rendir?

Los dos hermanos se miraron y sellaron un acuerdo silencioso.

—Por ahora seguimos adelante —respondió Amy—, pero, señor McIntyre, ¿por qué nos está ayudando? No estará ayudando también a los otros equipos, ¿verdad?

El viejo abogado parecía dudar.

—Ustedes han dicho que, en el Instituto Franklin, advirtieron a los Starling de que estaban en peligro.

—Por supuesto que lo hicimos —confirmó Amy.

—Ellos no habrían hecho lo mismo por ustedes.

—Tal vez, pero a nosotros nos pareció que debíamos hacerlo.

—Interesante... —Dirigió la vista a la calle—. No puedo decir nada más. Debo...

—Por favor —rogó la joven—, necesito pedirle un último favor.

Ella destapó la jaula de *Saladin* y, de repente, Dan entendió por qué lo había llevado.

—¡Amy, no!

—Tenemos que hacerlo, Dan —insistió ella—. No es seguro para él.

El chico recordó el momento en el que había tenido que arrastrar al pobre gato por el conducto de ventilación en medio del incendio, y cuando lo habían tenido que llevar metido en su jaula durante el viaje en tren. ¿Qué habría pasado si *Saladin* hubiese estado con ellos durante la explosión del museo? Si el pobre animal se hubiese lastimado, Dan no podría perdonárselo.

—Está bien —dijo suspirando.

—¿Es ése el gato de la señora Grace? —El señor McIntyre hizo un gesto de sorpresa—. ¿Cómo lo han...?

—Escapó del incendio con nosotros —explicó Amy—, queríamos quedárnoslo, pero... no podemos llevarlo al lugar al que vamos. No sería justo arrastrarlo con nosotros. ¿Podría hacernos el favor de encargarse de él?

—Mrrrp —maulló *Saladin* y miró a Dan como diciendo: «No estarás hablando en serio».

El señor McIntyre mostraba más o menos la misma expresión en su cara.

—Pues no lo sé, querida. Yo no soy, bueno, no soy una persona de animales. Una vez tuve un perro, *Oliver*, pero...

—Por favor —dijo Amy—, pertenecía a nuestra abuela. Necesito saber que estará a salvo.

El viejo abogado parecía querer escapar, pero sin embargo suspiró profundamente.

—Está bien, me encargaré de él, pero sólo durante una pequeña temporada.

—¡Gracias! —La joven le entregó la jaula con el gato dentro—. Sólo come pescado, el atún es su favorito.

El señor McIntyre parpadeó.

—¿Atún? Bueno... Veré qué puedo hacer.

—Mrrrp —maulló *Saladin*, que probablemente quería decir algo como «No puedo creer que me estéis dejando con un viejo que no sabe que me gusta el atún».

—Niños, deberían irse —les aconsejó el señor McIntyre—. Su niñera se estará impacientando. Recuerden lo que les dije: ¡no se fíen de nadie!

Tras decir aquello, William McIntyre se dirigió calle abajo, manteniendo la jaula de *Saladin* alejada de su cuerpo como si se tratase de una caja de material radiactivo.

De camino al coche, Amy dijo:

—Nos vamos a París.

Dan estaba pensando en *Saladin* y los oídos aún le retumbaban por la explosión del museo, así que no estaba seguro de haber entendido bien a su hermana.

—¿Te refieres a París... en Francia?

Amy sacó el teléfono de Sinead Starling. La foto de la carta de Benjamin Franklin seguía en la pantalla. Las letras amarillas y borrosas del mensaje brillaban en contraste con la luz violeta.

—Cuando Franklin era ya muy mayor —explicó Amy—, fue embajador de Estados Unidos en París. Trabajaba en un tratado de paz para poner fin a la Guerra de Independencia. Tenía una casa en un lugar llamado Passy y los franceses lo admiraban como si fuera una estrella de rock.

—¿En Francia tratan a los viejos gordos como si fuesen estrellas de rock?

—Ya te dije que Franklin era conocido a nivel mundial. Era un filósofo y le gustaban las fiestas y todo tipo de... cosas francesas. De todas formas, el mensaje decía que se marchaba de París, ¿verdad? La carta tenía fecha del año 1785, y estoy prácticamente segura de que ése es el año en que volvió a América. Así que estaba dejando algo atrás en París.

—Algo que separó su clan —añadió el muchacho—. O al menos eso es lo que decía el mensaje, ¿no? ¿Crees que se refería a las ramas de los Cahill?

—Puede ser. —Amy jugueteaba con su pelo—. Dan, lo que decía antes... En realidad no quiero abandonar la competición. Es que tengo miedo.

El chico asintió. No quería admitirlo, pero el hombre de negro y la explosión lo habían asustado también a él.

—No te preocupes. Ahora tenemos que seguir con esto, ¿de acuerdo?

—No tenemos elección —confirmó la muchacha.

Antes de que tomasen la curva, la puerta del Toyota se abrió repentinamente. Nella salió del coche y empezó a caminar hacia ellos; uno de los auriculares todavía colgaba de su oreja. Sujetaba su teléfono móvil como si fuera a tirárselo.

—¿Sabéis qué? —dijo la niñera—. Acabo de recibir un mensaje de voz de los servicios sociales de Boston.

Amy suspiró preocupada.

—¿Qué les has dicho?

—Aún nada. Estoy esperando vuestra genial explicación.

—Nella, por favor —suplicó Dan—, necesitamos tu ayuda.

—¡Os están buscando! —chilló la niñera—. Vuestra tía ni siquiera sabe que estáis aquí, ¿verdad? ¿Sabéis en qué lío podría meterme?

—Deshazte del teléfono —sugirió el chico.

—¿Qué? —Sonaba como si le hubieran dicho que quemase dinero, algo que Amy ya había hecho esa misma semana.

—Actúa como si no hubieses recibido el mensaje —le rogó—, sólo durante unos días. Por favor, Nella, necesitamos ir a París y nos hace falta viajar con un adulto.

—Si os paráis a pensar que... ¿Has dicho París?

Dan se dio cuenta del modo de convencerla. Puso una cara triste y suspiró.

—Sí, íbamos a comprarte un billete de avión a París, además de pagarte el sueldo, una habitación de hotel gratis y comidas en los mejores restaurantes y todo. Pero en fin...

—Nella, esto durará sólo un par de días más —continuó Amy—, ¡por favor! No te hemos mentido en lo de la búsqueda del tesoro. Es muy importante para nuestra familia y te prometemos que tendremos mucho cuidado. Cuando lleguemos a París, podrás hacer lo que creas más conveniente. Nosotros juraremos que no fue culpa tuya, pero si volvemos ahora a Boston, nos llevarán a una familia de acogida y fracasaremos en la búsqueda del tesoro. ¡Incluso es posible que nuestras vidas corran peligro!

—Y tú no verías París —añadió Dan.

Él no estaba seguro de qué argumento había sido más efectivo, pero Nella se metió el teléfono en el bolsillo. Se arrodilló para poder mirarlos a los ojos.

—Un último viaje —dijo—. Esto podría causarme muchos problemas, chicos. Quiero que me lo prometáis: París y después os llevo a casa. ¿Trato hecho?

Dan pensó que ellos no tenían ninguna casa a la que regresar, pero cruzó los dedos detrás de la espalda y dijo:

—Trato hecho.

—Trato hecho —confirmó Amy.

—Tal vez me arrepienta de esto —masculló la niñera—, pero prefiero arrepentirme en París.

Se dirigió al coche y se sentó en el asiento del conductor.

Dan miró a su hermana.

—En cuanto al dinero, creo que aún tenemos lo suficiente para tres viajes de ida. Podemos permitirnos viajar a París y pagar un hotel y comida y esas cosas durante una semana más o menos, pero no sé si tendremos suficiente dinero para volver. Como se entere Nella...

—Ya nos preocuparemos de eso cuando estemos allí —respondió Amy.

La joven salió corriendo hacia el coche, sacando ya su pasaporte del bolsillo trasero del pantalón.

CAPÍTULO 10

Alistair Oh estaba saliendo de la aduana cuando sus enemigos le tendieron una emboscada.

—*Bonjour*, tío.

Ian Kabra apareció por su derecha.

—Que tengas un buen vuelo.

Alistair giró hacia la izquierda, pero Natalie Kabra le cerró el paso.

—Yo en tu lugar no intentaría escapar, tío Alistair —dijo ella amablemente—. Es increíble que me las haya arreglado para atravesar un aeropuerto con tantas armas.

Llevaba en las manos una muñeca china con un vestido de satén azul. Era ya demasiado mayor para jugar con algo como aquello, pero había conseguido engatusar a los guardias de seguridad.

—¿Qué es eso? —preguntó Alistair, tratando de mantener la calma—. ¿Una arma? ¿Una bomba?

Natalie sonrió.

—Espero que no tengas que averiguarlo. Lo dejaríamos todo patas arriba.

—Sigue caminando, tío —sugirió Ian, siendo tan sarcástico como pudo—. No me gustaría levantar sospechas.

Cruzaron la terminal con paso veloz. Alistair tenía el corazón a punto de estallar. Podía sentir el *Almanaque del pobre Richard* en el bolsillo de su chaqueta, golpeando contra su pecho a cada paso.

—Entonces —preguntó el anciano—, ¿cuándo habéis llegado?

—Oh, hemos viajado en nuestro jet —explicó Ian—; utilizamos una pista de aterrizaje privada donde la seguridad es mucho más... relajada. ¡Hemos venido sólo para darte la bienvenida!

—Sois muy amables —dijo Alistair—. Pero yo no tengo nada que pueda interesaros.

—Eso no es lo que hemos oído —respondió Natalie—. Entréganos el libro.

Alistair sintió que se le secaba la garganta.

—¿Cómo sabéis...?

—Las noticias vuelan —explicó la muchacha—. Tenemos contactos.

—Natalie —dijo Ian en tono brusco—, te agradezco tu ayuda, pero a partir de ahora seré yo quien hable. Tú sostén la muñeca.

Ella frunció el ceño, y su linda cara ya no parecía tan bonita.

—Hablaré cuando me apetezca, Ian; madre y padre dijeron que...

—¡Me da igual lo que hayan dicho! ¡Yo estoy al mando!

Natalie parecía preparada para gritarle de nuevo, pero se tragó la ira. A Alistair no le gustaba demasiado el modo en que estrujaba la muñeca. Imaginaba que el aparato tendría un gatillo en algún lado y no quería descubrir qué efecto ocasionaba.

—Estoy seguro de que no queréis provocar ninguna guerra

entre ramas —dijo el anciano, tratando de parecer diplomáti-
co—; con una sola llamada telefónica puedo conseguir ayuda
desde Tokio hasta Río de Janeiro.

—Igual que nosotros —respondió Ian—, y he leído la historia de mi familia, tío. La última vez que nuestras ramas se
enfrentaron, no le fue demasiado bien a la tuya, ¿verdad?

Alistair siguió caminando mientras pensaba detenidamente. A veinte metros de distancia, había un puesto de seguridad
con un gendarme. Si consiguiese distraerlos...

—Como la explosión de Siberia en 1908 —le dijo a Ian—. Sí,
eso fue impresionante, pero esta vez hay mucho más en juego.

—Exacto —afirmó Ian—, así que entréganos el libro antes
de que tengamos que lastimarte, viejo.

Natalie se rió.

—Si te escuchases a ti mismo, Ian. En serio.

Su hermano frunció el ceño.

—¿Qué has dicho?

«Cinco metros para llegar al gendarme, mantén la calma»,
pensó Alistair.

—Oh, nada —le respondió Natalie a su hermano despreo-
cupadamente—, sólo que aburres a las cabras. Sin mí, ni siquiera podrías asustar a este patético anciano.

La expresión de Ian se endureció.

—Pues claro que podría, pequeña inútil.

Natalie se paró delante de Alistair, haciendo frente a su
hermano, y el anciano se dio cuenta de que aquélla era su
oportunidad. Caminó hacia atrás y después hacia un lado y,
antes de que los Kabra se diesen cuenta, ya estaba delante del
gendarme hablando lo más alto que podía.

—¡*Merci*, queridos sobrinos! —gritó a los Kabra—, pero vuestros padres se van a preocupar, id saliendo vosotros que yo

voy en seguida. Tengo que hacerle un par de preguntas a este oficial, creo que me he olvidado de declarar mi fruta fresca en la aduana.

—¿Fruta fresca? —dijo el oficial—. *Monsieur,* eso es muy importante. ¡Venga conmigo, por favor!

Alistair se encogió de hombros como pidiendo disculpas a los Kabra.

—Por supuesto, tío. No te preocupes. Te aseguro que nos veremos más tarde. Vamos, Natalie —dijo Ian pronunciando el nombre de su hermana entre dientes—. Tenemos que hablar.

—¡Ay! —exclamó la muchacha cuando él la agarró del brazo para conducirla a un lugar más recogido, donde no pudieran verlos.

Alistair suspiró aliviado. Él siguió con gratitud al gendarme de vuelta a la aduana, donde después de veinte minutos de preguntas e inspección de maletas, Alistair se acordó, *quelle surprise!,* de que después de todo, no llevaba fruta fresca. Él fingió ser un anciano confundido y el irritado oficial de aduanas lo dejó marcharse.

De nuevo en la terminal, Alistair sonrió satisfecho. Ian y Natalie Kabra podían ser unos oponentes mortales, pero aún eran unos niños. El anciano nunca había permitido que unos jovencitos como ellos fuesen más astutos que él. No cuando su propio futuro y el futuro de su rama estaban en juego.

Dio una palmada en el *Almanaque del pobre Richard* y comprobó que aún se encontraba a salvo, en el bolsillo de su chaqueta. Alistair dudaba de que cualquier otro equipo supiese más que él sobre las treinta y nueve pistas. Después de todo, él había estado espiando a Grace durante años, descubriendo su propósito. Sin embargo, había aún muchas cosas que no podía entender... secretos que esperaba que Grace hubiese contado a sus nietos. Pronto lo averiguaría.

De momento, había empezado con buen pie. Ahora ya sabía el significado de la primera pista: la *resolution* de Richard S. Soltó una carcajada al pensarlo. Ni siquiera Amy o Dan habían conseguido averiguar el verdadero significado de eso.

Siguió su camino por la terminal, manteniendo los ojos bien abiertos por si acaso los Kabra seguían cerca, pero parecían haber desaparecido. Salió del edificio y, mientras arrastraba sus maletas hacia un taxi, una furgoneta violeta se paró delante de él.

Las puertas correderas se abrieron por uno de los lados del vehículo y una voz animada de hombre dijo:

—Muy buenas.

Lo último que Alistair Oh vio fue un puño enorme que iba directamente hacia su cara.

CAPÍTULO 11

Después de pasar la aduana del aeropuerto Charles de Gaulle, Amy se sintió como si acabase de perder una pelea contra un tornado.

Había tenido que aguantar ocho horas de avión encajada entre Dan y Nella. Los dos ponían el volumen demasiado alto: Dan había visto películas y Nella había escuchado música y hojeado libros de cocina francesa con fotos a todo color de caracoles e hígados de oca. Mientras tanto, Amy había intentado ocupar su pequeño espacio leyendo sus propios libros. Se había comprado otros seis nuevos en Filadelfia, pero sólo había conseguido leer una biografía de Franklin y dos guías de París. Para ella, eso era terrible. Le dolían todos los músculos del cuerpo y su pelo parecía un nido de ratas. La ropa le olía a lasaña de avión, porque Dan se la había tirado encima en medio del vuelo. Lo peor de todo era que no había conseguido dormir nada, porque cuanto más leía, más forma cogía la idea que tenía en la cabeza sobre Franklin y París, y ésta la asustaba.

Estaba segura de que los pillarían en la cola de la aduana, cuando el oficial les preguntase por sus padres, pero, muy tímidamente, explicó la mentira que ella y Dan habían acordado: que sus padres llegarían más tarde en otro vuelo. La presencia de Nella pareció tranquilizar al oficial, especialmente cuando ella le empezó a responder las preguntas en francés. El oficial asintió, selló sus pasaportes y los dejó pasar.

—¡Nella! —exclamó Dan—. ¿Hablas francés?

—Claro, mi madre era profesora de francés. Era algo así como... francesa.

—Creía que tu familia provenía de Italia.

—Sólo mi padre. Yo crecí trilingüe.

—Qué pasada —dijo Amy, muy celosa, pues siempre había querido hablar otras lenguas, pero no era capaz de aprenderlas. Ni siquiera conseguía recordar los colores y los números que había aprendido en italiano cuando estaba en la guardería.

—No es nada del otro mundo —les aseguró Nella—; una vez que hablas dos idiomas, aprender otros dos, tres o cuatro es muy fácil.

Amy no estaba segura de que la niñera hablase en serio, pero siguieron su camino por la aduana. Recogieron sus maletas, cambiaron sus dólares por euros en una casa de cambio y fueron avanzando poco a poco hacia la explanada principal.

La muchacha se sintió completamente perdida al ver todas las señales en francés. La luz de la mañana atravesaba las ventanas, aunque a ella le parecía que era medianoche. En la explanada, la multitud era cada vez mayor; la gente disparaba los flashes de sus cámaras y gritaba preguntas a alguien a quien Amy no alcanzaba a ver.

—¡Oh, *paparazzi*! —dijo Nella—, ¡tal vez sea alguien como Kanye West!

—¡Espera! —ordenó Amy, pero Nella no le hizo el menor caso. Atravesaron la muchedumbre con muchos *excusez-moi*, y cuando Amy vio de quién se trataba, se paró en seco.

—Jonah Wizard.

La joven estrella caminaba entre la multitud firmando autógrafos, mientras su padre iba detrás de él como un guardaespaldas. Jonah llevaba pantalones anchos, una chaqueta de cuero por encima de una camiseta blanca sin mangas y su habitual montón de chatarra de plata. Tenía buen aspecto, estaba despejado y relajado, como si su vuelo hubiera ido mucho mejor que el de Amy.

—*Le Wizard!*

Los periodistas lo bombardeaban a preguntas. Para sorpresa de Amy, Jonah les respondía en francés.

Había tanta gente que la joven deseaba poder atravesar las paredes para esconderse, pero Jonah parecía tranquilo. Ofreció a la multitud una sonrisa brillante y dijo algo que les hizo reír; después, recorrió las caras con la mirada y sus ojos se cruzaron con los de Amy.

—¡Anda! ¡Mis espías!

Ella se quedó petrificada de la vergüenza. Jonah empezó a caminar hacia ellos y todo el mundo se volvió para ver a quién se refería.

—Esto debe de ser una broma —dijo Nella—; ¿conocéis a Jonah Wizard?

—Es familiar nuestro —se quejó Dan—, bastante lejano.

Parecía que Nella fuera a desmayarse en cualquier momento. De repente, Jonah estaba justo delante de ellos, le dio la mano a Amy y un par de palmaditas en la espalda a Dan, y firmó la camiseta de Nella. Los cámaras empezaron a sacar fotos de todos.

«No me miréis —quería gritar Amy—, estoy cubierta de lasaña», pero no le salió la voz. Intentó caminar hacia atrás para salirse de en medio, pero tenía las piernas paralizadas.

—¡Jonah! —lo apremió su padre—, tenemos que irnos.

—Sí, vamos. —Jonah le guiñó un ojo a Amy—. Ven con nosotros, prima. Tenemos cosas de que hablar.

El padre de Jonah empezó a protestar, pero éste puso el brazo sobre los hombros de Amy y la dirigió a través de la terminal. Detrás de ellos iban Dan, Nella y un montón de *paparazzi* que no dejaban de disparar los flashes de sus cámaras. Amy estaba segura de que en cualquier momento se iba a morir de la vergüenza, pero, antes de que se diese cuenta, ya habían salido del aeropuerto. El día era caluroso, pero nubes de tormenta se acumulaban en el horizonte. En la carretera, una limusina negra los estaba esperando.

—No... no deberíamos —empezó a decir Amy, recordando el consejo del señor McIntyre: «No os fiéis de nadie».

—¿Me tomas el pelo? —dijo Nella—. ¿Vas a rechazar un viaje en limusina con Jonah Wizard? ¡Ni hablar!

La muchacha entró rápidamente en el vehículo. Unos minutos más tarde, estaban ya en *l'autoroute de l'Est* en dirección al corazón de París.

—Tíos, adoro esta ciudad —dijo Jonah.

Según la disposición de los asientos de la limusina, Jonah y su padre se encontraban sentados en un lado, y al otro lado, frente a ellos, estaban Amy, Dan y Nella. El padre de Jonah tomaba notas con su teléfono móvil y de vez en cuando levantaba la cabeza y miraba a Amy con el ceño fruncido, como si no pudiese creer que ella aún estuviese allí.

Fuera, iban pasando hileras de edificios de piedra dorada, con sus ventanas rebosantes de maceteros con flores. Los cafés estaban llenos de gente, con todas las sillas mirando hacia la calle como si estuviesen esperando el paso de un desfile. El aire olía a café y a pan recién horneado. El cielo nublado iluminaba todo de un modo extraño: como si la ciudad no fuese real.

—¿Sabíais que mis niveles de audiencia aquí son mucho mejores que en Estados Unidos? —preguntó Jonah.

—Dieciocho puntos más altos —añadió su padre.

—Y mi nuevo álbum, *Gangsta Life*, es el número tres en la lista de éxitos francesa.

—El número dos —corrigió su padre— y sigue subiendo.

—Increíble, adoro tu álbum —confesó Nella.

—Gracias —respondió Jonah—; ahora cállate.

Nella se quedó como si le hubieran dado un bofetón.

—¡Eh! —exclamó Dan—, ¡eso no está bien!

—¿Qué? —respondió Jonah—, ella no es una Cahill. No hablo con ella.

Amy estaba tan sorprendida que no podía articular palabra, pero Jonah siguió presumiendo:

—Como os decía, soy el amo de esta ciudad. Mi galería de arte abrió la semana pasada en rue de la Paix. Mis acuarelas se venden por seis mil euros la pieza. Hasta estoy preparando un libro infantil que pronto saldrá a la venta.

Su padre sacó rápidamente un ejemplar y se lo enseñó.

Dan entrecerró los ojos para leer la portada.

—¿Le... *Li'l Gangsta Livre Instantané*?

—Significa «*Libro despegable del pequeño Gángster*» —explicó Jonah orgulloso.

La joven estrella extendió los brazos mientras explicaba:

—¿Entendéis lo que digo? Soy más famoso que —sonrió con astucia— Benjamin Franklin.

Esa afirmación ofendió a Amy. La muchacha se había pasado varias horas leyendo sobre Benjamin Franklin y estaba más convencida que nunca de que él había sido la persona más increíble sobre la faz de la tierra. El simple hecho de estar emparentada con él la hacía sentirse muy orgullosa. Así que cuando escuchó a esa estrella de la tele idiota y engreída comparándose con él... se enfadó tanto que se olvidó de su timidez.

—¡Benjamin Franklin era mucho más importante que tú, Jonah! Es el estadounidense más famoso que ha visitado París. Cuando él vino aquí, la gente llevaba una foto suya al cuello.

—¿Como ésta? —Jonah les enseñó un collar conmemorativo con una foto suya.

—¡Y llevaban ropa como la suya!

—Ah, la línea de moda Jonah Wizard está teniendo bastante éxito en los Champs-Élysées.

Amy apretó los dientes.

—El rey Luis XVI puso una imagen de Franklin en un orinal.

Jonah miró a su padre.

—¿Tenemos orinales de recuerdo?

—No —dijo su padre mientras sacaba el teléfono de su bolsillo—, ahora mismo llamo.

Jonah asintió.

—¿Veis, tíos? Soy lo más grande desde Franklin; por eso soy la persona más indicada para descubrir sus secretos.

—Se te han subido tanto los humos —masculló Dan— que cualquier día saldrás volando como un globo.

Jonah lo ignoró.

—Mira, Amy, tú eres una chica lista. Sabes que la familia tiene varias ramas, ¿verdad? Hay Cahill buenos y Cahill malos. Yo soy...

—¡Jonah! —exclamó el padre del muchacho, tapando el móvil con la mano—. Creí que ya lo habíamos discutido.

—Tranquilo, papá. Sólo iba a decir que yo utilizo mis talentos para crear arte. Sea lo que sea este tesoro, yo lo utilizaré para hacer este mundo más bello. No soy como esos Lucian, tíos. ¡Son unos despiadados!

Amy no podía dejar de pensar, de atar cabos.

—Pero... Benjamin Franklin era un Lucian, nosotros vimos el escudo de las serpientes...

—Vale, una vez un Lucian hizo algo bueno.

Jonah movió el brazo en señal de desdén.

—Pero ahora yo soy el bueno. Tienes que entenderlo, Amy.

Dan resopló indignado.

—¿Eres bueno porque haces libros desplegables sobre gángsters?

—¡Exacto! Chicos, ¿creéis que fue fácil para mí crecer siendo rico y famoso en Beverly Hills? —Jonah se quedó callado, pensativo—. En realidad, eso fue fácil. La cuestión es que trabajo duro para mantenerlo todo en pie. La fama es algo que hay que mantener vivo, ¿verdad, papá?

—Así es, hijo.

—Yo ya tengo álbumes, salgo por la tele, tengo mi línea de moda y mis libros... ¿cómo puedo seguir avanzando, entonces? Os diré cómo: tengo que ganar esta competición. Si gano, ¡habré dado un paso inteligente en mi carrera! Podemos trabajar juntos, os daré un porcentaje de los beneficios.

—El tío Alistair también se ofreció a ayudarnos y la cosa no salió bien —refunfuñó Amy.

—¿Alistair Oh? —respondió Jonah—. Ese viejo idiota seguro que os contó que es el inventor de los burritos para microondas, ¿verdad? Pero seguro que no os comentó que perdió su fortuna en malas inversiones. Está prácticamente arruinado, chica. Debería haberse quedado con el millón de dólares, pero tiene la loca idea de que las treinta y nueve pistas van a restablecer su reputación. No le hagáis caso, uníos a mí y podremos derrotar a todos los demás. Podremos darles una lección a esos dos traidores, Ian y Natalie. Tenéis que ir con cuidado por aquí, Amy. París es una fortaleza de los Lucian, ya sabes. Lo ha sido durante siglos.

—Jonah —dijo su padre—, no deberías relacionarte con esta gente, no son famosos. Van a hacer que los índices de audiencia caigan en picado.

—Tú encárgate de los orinales, papá. Yo me encargaré de esto —respondió la celebridad mientras le mostraba a Amy una sonrisa que hubiera encandilado a cualquiera—. Vamos, chica. Los dos sabemos que la siguiente pista está relacionada con Benjamin Franklin, podríamos ayudarnos mutuamente.

Lo que más le molestaba a Amy no era que Jonah fuese un idiota arrogante, sino que su oferta le parecía bastante tentadora. La idea de darles una lección a Natalie y a Ian era difícil de resistir. Incluso así... la joven recordaba la forma en que el muchacho le había hablado a Nella y lo majo que había sido con ellos en el aeropuerto, obviamente fingiendo para las cámaras; ellos tan sólo habían sido el decorado de su escenario.

—¿Por qué quieres hacer un trato con nosotros? —preguntó vacilante—. ¿Qué nos hace tan especiales?

—¡Nada! —dijo Jonah riéndose—. ¿No es asombroso? Formáis parte del clan de los Cahill, pero no tenéis talento. Sin embargo, aunque yo me escabulla sigilosamente tratando de seguir una pista, tendré a todos los medios de comunicación siguiéndome, sacándome fotos y solicitando entrevistas. No puedo hacer nada en secreto. Vosotros, en cambio, sois tan poco importantes que podéis ir a lugares a los que yo no podría llegar, porque no le importáis a nadie.

—Muchas gracias —refunfuñó Dan.

—¿He dicho algo malo? —Jonah parecía desconcertado—. Ah, si es cuestión de dinero, eso no será un problema, yo lo tengo en abundancia. Incluso podría colaros en el rodaje de mi serie «¿Quién quiere ser un gángster?». Nadie os hará una oferta mejor.

—¡No, gracias! —respondieron Amy y Dan al unísono.

—Venga, chicos. Pensáoslo al menos, ¿sí? ¿Dónde está vuestro hotel? Os llevo.

Amy estaba a punto de inventarse una excusa cuando echó un vistazo por la ventana. Lo que vio le heló la sangre. Era imposible. ¿Qué estaba haciendo «ella» ahí? Además, llevaba consigo el...

—Aquí —dijo Amy—. Pare, por favor.

Así lo hizo el conductor.

Jonah miró por la ventana y frunció el ceño. Habían aparcado delante de un hotel cutre que se llamaba *Maison des Gardons*. El toldo estaba hecho unos andrajos y el recepcionista tenía aspecto de borrachuzo.

—¿Aquí? —dijo Jonah—. Parece que no os gustan demasiado las comodidades. Yo me alojo en el Ritz; si cambiáis de opinión, ya sabéis dónde encontrarme.

Amy empujó a Dan y a Nella fuera del coche, el conductor los ayudó a sacar las maletas y la limusina de los Wizard siguió su camino.

—¡Menudo idiota! —exclamó Nella—, por la tele no es así.

Dan miró el edificio del hotel.

—No me digas que nos vamos a alojar aquí de verdad.

—Tenía que hacerle parar el coche —dijo Amy—. Nella, reserva unas habitaciones para esta noche.

—¿Aquí? —protestó la niñera—, pero...

—La palabra «gardon» significa «jardín», ¿no? ¡Pues no puede estar tan mal!

—Eso no quiere decir...

—¡Hazlo y ya está!

Amy se sentía extraña siendo tan mandona, pero no tenía tiempo para discutir.

—Te veremos aquí en... no sé, un par de horas.

—¿Por qué? —preguntó Dan—. ¿Adónde vamos?

—Acabo de ver a una vieja amiga —respondió Amy—. ¡Vámonos!

Lo arrastró calle abajo, esperando que no fuese demasiado tarde. Aliviada, encontró lo que buscaba.

—¡Ahí! —señaló la muchacha—. La de rojo.

Un poco más abajo, una mujer con un chal rojo caminaba apresuradamente. Llevaba algo debajo del brazo: algo delgado, cuadrado, blanco y rojo.

Dan abrió los ojos como platos.

—¿No es...?

—Irina Spasky —dijo Amy—, y lleva consigo nuestro *Almanaque del pobre Richard*. ¡Sigue a la rusa!

CAPÍTULO 12

Dan tuvo la tentación de parar unas veinte veces durante la persecución de Irina Spasky por la rue de Rivoli (él se preguntaba si el nombre de la calle significaría «Calle del Ravioli», pero creía que Amy se reiría de él si se lo preguntaba). Hubiera querido detenerse para ir a ver la pirámide de cristal del Louvre, que le parecía genial, o a los malabaristas que jugaban con fuego en el Jardin des Tuileries. También quiso parar cuando pasaron ante un señor que vendía *crème glacée* (Dan estaba bastante seguro de que eso era helado). Aunque principalmente, quería parar porque le dolían los pies.

—¿No tiene pensado tomarse un respiro?

Amy no parecía estar cansándose lo más mínimo.

—¿No te parece raro que nos hayamos cruzado con Irina Spasky entre los diez millones de personas que hay en París?

—¡Tal vez los otros 9,99 millones no lleven bufandas de color rojo brillante!

—Iba caminando por una de las calles más importantes, es como si quisiera que la vieran.

—¿Crees que es una trampa? —preguntó Dan—. ¿Cómo sabe entonces que la hemos encontrado? No ha mirado hacia atrás ni una sola vez. No sabe que estamos aquí.

Pero mientras decía aquello, empezó a recordar cómo actuaban los detectives de la tele, cómo podían saber si alguien los perseguía sin necesidad de mirar o cómo cruzarse «accidentalmente» en el camino de una víctima y engatusarla para tenderle una trampa. ¿Habría estado ella esperándolos en el aeropuerto? ¿Los habría visto entrar en la limusina con Jonah y se habría apresurado para llegar a la ciudad antes que ellos?

—Mira —dijo Amy—, ¡está girando!

Irina cruzó la avenida y desapareció bajando unos peldaños.

—Va a coger el metro —dijo Amy.

Perdieron algún tiempo intentando averiguar cómo usar las monedas de euro en las máquinas expendedoras de tickets, pero cuando bajaron la escalera Irina aún estaba allí, en uno de los andenes, con el viejo almanaque debajo del brazo. El tren acababa de entrar. Dan estaba seguro de que Irina saldría de él en el último momento, antes de arrancar, así que esperaron a que las puertas del tren estuvieran a punto de cerrarse, pero Irina no salió. Amy y Dan entraron también y el tren se puso en marcha.

Cambiaron de trenes dos veces en un período de tiempo muy corto. A pesar de que Irina llevaba un chal rojo brillante, era fácil perderla de vista.

—No lo entiendo —dijo Amy—, ahora se mueve más rápido, como si estuviese intentando perdernos.

Dan seguía soñando con la *crème glacée*. Lo último que había comido había sido la lasaña del avión y ya hacía bastante rato de eso, así que empezaban a sonarle las tripas.

Finalmente, después de haber cogido el tercer tren, Irina salió al andén. Amy agarró a Dan del brazo y señaló un letrero en la pared de la estación.

—Passy —dijo ella.

—¿Y qué?

—Éste es el barrio donde vivía Benjamin Franklin.

—¡Pues venga, vamos! —dijo el muchacho—. Caperucita Roja se nos está escapando.

Passy no parecía tan atestado de gente como las Tuileries. Las calles estaban cercadas de edificios de cuatro plantas y había tiendas de flores por todas partes, como si todos los días fuesen el día de la madre; había tulipanes, claveles, rosas y todo lo que pudiera hacer a Dan estornudar. En la distancia, la torre Eiffel se erigía sobre las nubes negras, pero Dan estaba más interesado en la comida. Olía a chocolate, pan recién horneado, queso fundido... pero no podía detenerse a comprar nada de eso.

Irina caminaba como si su vestido estuviese ardiendo, así que ellos tenían que correr para no perderla de vista. Amy tropezó con un cubo de flores y un parisino le echó la bronca.

—¡Lo siento! —gritó Amy mientras seguía corriendo.

Se adentraron en una calle arbolada con mansiones que parecían bastante antiguas. Un poco más arriba, había una furgoneta violeta mal aparcada en la que había dibujos de globos y caras de payasos y un cartel en el que se leía «crème glacée». Dan barajó la posibilidad de comprar rapidito un helado de cereza y vainilla y seguir corriendo, pero cuando se acercaron, pudo ver que la furgoneta estaba cerrada. El parabrisas estaba cubierto desde dentro con un parasol plateado. «Es una conspiración —pensó Dan—; la ciudad de París al completo está intentando matarme de hambre.»

Al final de la manzana, Irina cruzó la calle, atravesó un

portal de hierro forjado y caminó hasta un gran edificio de mármol con aspecto de embajada o algo parecido. Dan se escondió detrás de un poste del portal y vio cómo Irina marcaba un código y entraba en la casa.

—Mira allí —dijo Amy.

En el centro del portal había una placa con letras doradas que decía:

INSTITUT DE DIPLOMATIE INTERNATIONALE

INSTITUTO DE DIPLOMACIA INTERNACIONAL

国際外交研究所

—¡El escudo Lucian! —exclamó Dan—. Pero si esto es el instituto de... eh, lo que eso sea.

—Creo que es algo así como una escuela para embajadores —explicó Amy—. ¿No te das cuenta? Eso es sólo una tapadera. ¿Recuerdas lo que dijo Jonah? París es una fortaleza Lucian.

A Dan se le iluminaron los ojos.

—¡Ésta debe de ser su base secreta!

Amy asintió.

—La cuestión es: ¿qué hacemos ahora?

—¡Entrar! —respondió Dan.

—Muy bien, pero no tenemos el código de seguridad.

—5910. Le vi introducirlo.

Amy miró fijamente a su hermano.

—¿Cómo has podido...? Déjalo, es igual. Vamos, pero con cuidado, probablemente tengan cámaras de seguridad y perros guardianes y esas cosas.

Los hermanos cruzaron el portal y subieron los peldaños de la entrada principal. Dan introdujo el código y las puertas se abrieron fácilmente, no sonó ninguna alarma ni ladró ningún perro.

—Qué extraño —masculló él. Pero ya era tarde para pensárselo dos veces, así que entraron en el cuartel de los Lucian.

El vestíbulo de la entrada era más grande que todo su apartamento. El suelo era de mármol pulido y del techo colgaba una lámpara de araña. Enfrente de ellos había unas puertas negras y a la izquierda, una escalera de caracol que iba a dar a un balcón interior.

—Mira. —Dan señaló encima de las puertas. Una cámara de vigilancia se movía grabando toda la estancia. Todavía no los estaba enfocando, pero no tardaría en llegar a ellos.

Entonces, oyeron voces que venían de detrás de las puertas dobles. Alguien se dirigía hacia ellos.

—¡Rápido! —Dan subió por la escalera y Amy parecía querer discutir, pero no había tiempo, así que siguió a su hermano.

Dan sintió que se le iba a salir el corazón del pecho. Él siempre había pensado que podría ser divertido jugar a los ladrones y colarse en la casa de alguien, pero ahora que estaba haciéndolo de verdad, le sudaban las manos. Se preguntaba si los franceses aún metían a los ladrones en mazmorras infestadas de ratas como había visto en un musical al que Grace los había llevado.

Entraron sigilosamente en la antesala de la segunda planta.

—No lo entiendo —susurró Dan—, Irina debe de ser una Lucian, como Benjamin Franklin. ¿Quiere eso decir que Franklin era uno de los malos?

—Tal vez no sea así de simple —respondió Amy—. Mira.

A lo largo de las paredes había varios cuadros con retratos: Napoleón Bonaparte, Isaac Newton, Winston Churchill y otras personas a las que Dan no reconocía.

—Otros Lucian famosos —se imaginó Amy—; no es que fueran buenos o malos, pero está claro que eran personas importantes.

—Y nosotros acabamos de invadir su casa.

Pasaron por delante de una hilera de puertas enormes de madera de roble, todas ellas cerradas. En una ponía «*Logistique*», en la otra «*Cartographie*» y en la última «*Arsenal*».

—¡Genial!

—¡Dan, no! —suspiró Amy, pero no le dio tiempo a cerrarle el paso. El muchacho abrió la puerta del arsenal y entró en la sala.

Ligeramente tarde, pensó que tal vez no sería una buena idea entrar en una habitación llena de armas si ya hubiera alguien allí. Por suerte, no había nadie. El arsenal era una habitación de unos tres metros cuadrados llena de objetos impresionantes: cajas repletas de balas de cañón, estanterías llenas de cuchillos, espadas, bastones estoque, escudos y paraguas. Dan no tenía muy claro qué hacían allí aquellos paraguas, pero se imaginaba que tendrían alguna otra utilidad aparte de proteger de la lluvia.

—No deberíamos estar aquí —dijo Amy entre dientes.

—¡Mira! ¿No te parece raro?

El muchacho cogió una caja de madera del tamaño de una caja de zapatos que estaba llena de tubos de cristal con cables de cobre que entraban y salían de ellos.

—Es una de las baterías de Franklin, como la del museo.

Amy arrugó las cejas.

—¿Qué estará haciendo en un arsenal?

—No tengo ni idea, pero me la llevo. —A pesar de las quejas de Amy, Dan metió la batería en su mochila, que estaba casi vacía. Lo único que guardaba en ella era la fotografía de sus padres, que había decidido llevar consigo para que le trajera buena suerte.

Un huevo de espuma de poliestireno captó su atención. Lo abrió y en su interior encontró un único orbe de plata con pequeñas luces rojas que parpadeaban.

—¡Esto también me gusta! —Lo metió en su mochila.

—¡Dan, no!

—¿Y por qué no? ¡Ellos no lo echarán en falta y nosotros necesitamos toda la ayuda que podamos conseguir!

—Podría ser peligroso.

—Eso espero. —Dan estaba admirando las estrellas ninja y valoraba la posibilidad de llevarse también algunas, cuando se oyó el golpe de una puerta en el vestíbulo.

—Es mejor saber qué está haciendo —dijo un hombre—, si está equivocada...

Una mujer respondió en francés. Las dos voces se desvanecieron por el pasillo.

—Vamos —insistió Amy—, ahora.

Asomaron la cabeza para asegurarse de que la antesala estaba despejada; después salieron del arsenal y siguieron caminando por el edificio. Al final de la estancia había un balcón interior de forma circular. Lo que Dan vio debajo le recordó a un centro de comando militar. Había ordenadores a lo largo de las paredes y en el medio de la habitación, una mesa de conferencias que tenía el aspecto de una enorme televisión de pantalla plana. Irina Spasky estaba sola, apoyada encima de ella. A su alrededor había pilas de papeles y carpetas. Estaba introduciendo comandos en la superficie de la mesa, encogiendo y agrandando imágenes. Estudiaba el mapa de la ciudad captado vía satélite.

Dan no se atrevió a hablar, pero cruzó miradas con Amy. «Quiero uno de ésos», pensó. La expresión de Amy fue tajante: «Cállate».

Se agacharon detrás de la barandilla del balcón y observaron cómo Irina aumentaba el tamaño del mapa en diferentes localidades. Después, abrió el *Almanaque del pobre Richard* y, tras realizar algunas comprobaciones, sacó una libreta y tomó algunas notas. A continuación, agarró el cuaderno y el libro y se apresuró a salir de la habitación, en dirección a la entrada principal.

—¡Venga, Amy! —Dan se sentó a horcajadas en la barandilla.

—¡Vas a romperte las piernas!

—Cuélgate del borde y déjate caer. Yo lo he hecho desde el tejado de la escuela un millón de veces. Es muy fácil.

Él lo hizo y, en realidad, sí que resultó fácil. Un segundo más tarde, los dos estaban en la mesa de conferencias, contemplando la imagen que aún parpadeaba en la pantalla: un icono blanco mostraba el objetivo en un punto determinado de la ciudad de París. La dirección brillaba con letras rojas: Rue des Jardins, 23.

Dan señaló una marca azul que rodeaba el objetivo.

—Esto es agua, o sea que el lugar al que se dirige debe de estar en una isla.

—Île St-Louis —dijo Amy—, está en el río Sena, justo en el centro de París. ¿Puedes memorizar esa dirección?

—Ya lo he hecho. —Dan se dio cuenta de otra cosa: había una fotografía encima de los archivos de Irina Spasky. La cogió y al ver quién aparecía en ella, le dio un vuelco el estómago.

—Es él.

Dan le enseñó la foto a Amy. Había en ella un hombre viejo con el pelo gris y un traje negro cruzando la calle. La foto estaba borrosa, pero se veía que se trataba de París por los edificios amarillos y las señales en francés.

—El hombre de negro está aquí.

Amy palideció.

—Pero ¿por qué...?

Los jóvenes oyeron una voz que se acercaba desde el vestíbulo:

—*J'entends des mouvements. Fouillez le bâtiment.*

Dan no necesitaba entender el francés para darse cuenta de que tenían problemas. Amy y él corrieron en dirección opuesta, hacia el otro vestíbulo.

—*Arrêtez!* —gritó un hombre a su espalda. Inmediatamente estallaron las alarmas.

—¡Estupendo! —exclamó Amy.

—¡Por aquí! —Dan dio la vuelta a una esquina. No se atrevía a mirar atrás, pero oía cada vez más cerca los pasos de sus perseguidores, cuyas botas golpeaban con fuerza el suelo de mármol.

—¡Barras! —advirtió la joven.

Las defensas automáticas del edificio debían de haberse activado. Justo delante de ellos, un conjunto de barras metálicas descendía desde el techo, impidiéndoles el paso.

—Amy, ¡deslízate! —gritó Dan.

—¿Qué? —preguntó la muchacha, mirando a los guardias de seguridad que estaban a punto de atraparla. Dan cogió carrerilla y se tiró al suelo como si fuera una ola del mar, deslizándose por debajo de las barras.

—¡Venga!

Amy titubeó. Las barras seguían bajando: estaban a un metro del suelo, cincuenta centímetros, treinta centímetros... Detrás de ella, dos hombres recios, armados con porras, que llevaban trajes negros de guardia de seguridad, estaban ya a pocos pasos de ella.

—¡Amy, ahora!

Ella se agachó y se dispuso a gatear por debajo de las barras. Dan la agarró y tiró de ella justo antes de que éstas alcanzasen el suelo. Los guardias de seguridad intentaron cogerlos a través de los barrotes, pero los dos jóvenes ya habían echado a correr.

Encontraron una puerta abierta y entraron en una sala de estar.

—¡La ventana! —exclamó Dan.

Una cortina de malla metálica bloqueaba su única salida. Ya había cubierto media ventana. No había tiempo para pensar. Dan cogió un busto de Napoleón y lo tiró contra el cristal, rompiéndolo en mil pedazos. El muchacho podía oír los gritos de los guardias a pesar de que las alarmas seguían sonando.

De una patada, retiró los restos de cristal.

—¡Sal! —le dijo a su hermana.

Ella se coló por el hueco que quedaba y su hermano, que salió detrás de la muchacha, se libró por los pelos de que la tela metálica le atrapase el pie izquierdo. Echaron a correr y atravesaron el jardín, treparon por el portal de hierro y siguieron corriendo una vez llegaron a la calle. Se escondieron detrás de la furgoneta violeta de los helados, tratando de recuperar el aliento. Dan miró atrás, pero no los perseguía nadie, al menos de momento.

—Será mejor que no volvamos a hacer eso —dijo Amy.

A Dan la sangre le ardía en las venas. Ahora que ya no estaba en peligro, se daba cuenta de lo bien que se lo había pasado.

—Yo quiero un arsenal y uno de esos ordenadores-mesa. ¡Amy, tenemos que construir nuestro propio cuartel general secreto!

—Oh, claro —respondió su hermana, que aún estaba tratando de recuperar el aliento, y sacó algo de dinero de los bolsillos—: A mí me quedan doscientos cincuenta y tres euros, ¿crees que nos llegará para construir un cuartel general secreto?

A Dan se le cayó el alma a los pies. Ella no tenía por qué ser así de mala, pero tenía razón. Estaban gastándose el dinero bastante rápido. A él tampoco le quedaba mucho más. Le habían dado la mayor parte de lo que tenían a Nella, para los gastos del viaje, y aun así no era mucho. Si tenían que coger algún otro avión después de París... Decidió no pensar en eso. Cada cosa a su tiempo.

—Volvamos al metro —dijo él.

—Sí —respondió Amy—, volvamos junto a Nella; debe de estar preocupada.

Dan disintió.

—No tenemos tiempo. Rue des Jardins, 23. Tenemos que averiguar qué está pasando en esa isla, ¡y tenemos que llegar allí antes que Irina!

CAPÍTULO 13

Mientras tanto, en el interior de la furgoneta de los helados, los Holt se estrangulaban los unos a los otros.

Madison estaba subida en la espalda de Hamilton, golpeándole en la cabeza con una caja de helados. Su madre, Mary-Todd, intentaba separarlos. Reagan y *Arnold*, el pit bull, jugaban al tira y afloja con una caja de pasteles. Eisenhower, el ya harto líder de la familia, gritó:

—¡Alto! Compañía, ¡formen filas!

Hamilton y Madison se separaron para obedecer a su padre y tiraron todos los helados. Mary-Todd se sacudió el polvo de la ropa, fulminó a sus hijos con una mirada y formó. Reagan presentó armas con la caja de pasteles. *Arnold* se tumbó boca arriba y se hizo el muerto.

—¡Así me gusta! —gruñó Eisenhower—. ¡No voy a consentir que los miembros de esta familia se maten entre sí por culpa de unos dulces!

—Pero papá... —protestó Reagan.

—¡Silencio! Dije que sólo os daría un helado después de cumplir la misión, y la misión no estará cumplida hasta que se me informe de lo sucedido.

Madison saludó.

—Papá, pido permiso para informar.

—Concedido.

—El micrófono espía ha funcionado.

—Excelente. ¿Los mocosos se han hecho con el libro?

Madison se movió incómoda.

—No dispongo de esa información, señor. Pero sé que se dirigen a la rue des Jardins, 23, en Île St-Louis.

—¿Crees que esta vez el número será el correcto ?

Madison se puso roja como un tomate.

—¡Eso no fue culpa mía!

—¡Nos caímos en el Sena con el coche alquilado!

—Oh, porque tus ideas son siempre geniales, ¿verdad, Hammy? Como esa estúpida explosión en el museo que eliminó al equipo equivocado o incendiar la mansión de Grace.

—¡Dejad de chillar! —gritó Mary-Todd—. Niños, no podemos seguir discutiendo los unos con los otros. No es bueno para la moral del equipo.

—Vuestra madre tiene razón —dijo Eisenhower—. El incendio de la mansión y la bomba del museo no fueron buenas ideas. Deberíamos haber acabado con los mocosos Cahill con nuestras propias manos.

Arnold ladró entusiasmado e intentó morderle la nariz.

Reagan frunció el ceño. Movía los pies como si se sintiera incómoda.

—Pero, eh... papá...

—¿Algún problema, Reagan?

—Bueno, la explosión... podría haberlos matado, ¿verdad?

Madison puso los ojos en blanco.

—Ya estamos otra vez con lo mismo. ¡Te estás ablandando, Reagan!

Reagan se puso roja como un tomate.

—¡De eso nada!

—¡De eso todo!

—¡Silencio! —gruñó Eisenhower—. Ahora atendedme todos. Vamos a tener que tomar medidas drásticas para ganar esta competición. ¡No puedo permitir que nadie se ablande! ¿Entendido?

Fulminó a Reagan con la mirada, y ella se la devolvió desanimada desde el suelo.

—Sí, señor.

—Sabemos que Dan y Amy eran los favoritos de Grace —prosiguió Eisenhower—. El señor McIntyre probablemente les esté ofreciendo información privilegiada. Ahora nos han vencido en la fortaleza Lucian cuando intentábamos espiar, ¡lo que también fue mala idea! ¿Vamos a tolerar más malas ideas?

—¡No, señor! —gritaron los niños.

—Creen que no somos inteligentes —continuó el padre de la familia—, piensan que sólo sabemos flexionar nuestros músculos. ¡Se van a enterar de que podemos hacer mucho más que eso!

Eisenhower flexionó sus músculos.

—¡Trabajo en equipo! —gritó Mary-Todd—. ¿De acuerdo, niños?

—¡Sí, señor! ¡Trabajo en equipo!

—¡Arf! —ladró *Arnold*.

—Ahora —continuó Eisenhower—, tenemos que conseguir ese libro. Tendremos que asumir que lo tienen esos mocosos, o que al menos saben dónde está. Tenemos que ir a la Île St-Louis ¡sin meter la furgoneta de helados en el río! ¿Quién está conmigo?

Los niños y Mary-Todd aplaudieron. Después se acordaron del helado y volvieron a estrangularse mutuamente.

Eisenhower refunfuñó y decidió dejar que se peleasen un rato. Tal vez eso los ayudase a fortalecer su personalidad.

Durante toda su vida, la gente se había reído de Eisenhower a sus espaldas. Se rieron cuando fracasó en la escuela militar. Se rieron cuando suspendió el examen de entrada al FBI. Se rieron incluso cuando trabajaba como guardia de seguridad y, persiguiendo a un ladrón, tuvo un accidente con su arma y acabó con un dardo en el trasero. Un simple fallo. Podría haberle pasado a cualquiera.

Cuando ganase la competición, se convertiría en el Cahill más importante de todos los tiempos. Nadie se reiría de él nunca más.

Dio unos cuantos puñetazos a la caja registradora de la furgoneta. Esos Cahill empezaban a sacarlo de sus casillas. Se parecían demasiado a sus padres, Arthur y Hope. Él tenía que arreglar las cuentas con los Cahill.

En poco tiempo, Amy y Dan podrían pagar por ellos.

CAPÍTULO 14

Amy estaba de acuerdo en apresurarse para llegar cuanto antes a la Île St-Louis, pero su estómago pensaba otra cosa. Al pasar junto a una *boulangerie*, que debía de ser una panadería, a juzgar por el delicioso olor, ella y Dan intercambiaron miradas.

—Sólo una parada —dijeron los dos al unísono.

Unos minutos más tarde estaban sentados en el muelle del río, compartiendo la mejor comida que habían probado en sus vidas. Era sólo una rodaja de pan, pero Amy nunca había probado nada tan bueno.

—¿Ves eso? —Amy señaló a lo alto de una iglesia cercana, que tenía una barra metálica encima del campanario—. Es un pararrayos.

—Ah... —dijo Dan con la boca llena.

—Los franceses fueron los primeros en probar las teorías de Franklin sobre los pararrayos. Muchos de los edificios antiguos aún conservan los modelos originales de Franklin.

—¡Mmm! —exclamó Dan entusiasmado, pero Amy no estaba segura de si lo decía por la historia o por el pan.

El sol estaba a punto de ser ocultado por unas nubes negras. Retumbaban truenos en la distancia, pero los parisinos no parecían demasiado preocupados; había gente corriendo y patinando en la ribera del río. Un barco cargado de turistas recorría el Sena.

Amy intentó utilizar el teléfono de los Starling para llamar a Nella, pero no daba señal. Parecía que no tenía cobertura en Francia.

Aún tenía los nervios a flor de piel por la huida de la base secreta de los Lucian. A pesar de la seguridad, le parecía que habían entrado y salido con demasiada facilidad y no estaba segura de por qué. Tampoco le gustaban las cosas que Dan se había llevado: la batería de Franklin y aquella extraña esfera metálica. De todas formas, sabía que discutir con él no serviría de nada, pues cuando se le metía algo en la cabeza, no había quien pudiera convencerlo.

Se preguntaba cómo se las habría apañado Irina para quitarle el libro al tío Alistair y por qué estaría interesada en la Île St-Louis. Tenía la sensación de que se trataba de una trampa, pero era la única opción que tenían, o al menos, la única opción en la que quería pensar. La nota de su madre en el *Almanaque del pobre Richard*, lo del Laberinto de Huesos, todavía le daba escalofríos.

Intentaba imaginarse qué harían su madre y Grace en su lugar. Serían más valientes. Sabrían qué hacer. Su madre también había buscado esas pistas alguna vez, ahora lo tenía claro. Grace quería que Amy también aceptase el reto, pero ¿y si ella no estaba capacitada?

Hasta el momento le parecía que lo había hecho bastante mal. Cuando tenía que haber dicho cuatro cosas, no había sido capaz. Los otros equipos probablemente pensaban de ella que era una perdedora tartamuda.

Si no fuese por Dan, estaría perdida. Con sólo pensarlo, se le hacía un nudo en la garganta.

Habían terminado el pan y Amy sabía que tenían que irse. Miró fijamente al cielo que se oscurecía e intentó recordar detalles que había leído en sus guías de París.

—No hay líneas de metro a Île St-Louis —dijo—, tendremos que caminar.

—Venga, ¡vamos! —respondió Dan poniéndose en pie de un salto.

Amy no podía creer lo rápido que su hermano había recuperado el ánimo. Unos minutos antes se quejaba de que le dolían los pies y de que la mochila le pesaba. Ahora, un pedazo de pan más tarde, estaba como nuevo. A Amy le habría gustado ser así; ya que aunque no fuera a contárselo a su hermano, aún sentía que necesitaba dormir un siglo entero.

Era noche cerrada cuando llegaron al Pont Louis-Philippe. El viejo puente de piedra estaba cercado de farolas que se reflejaban en el agua. En el lado opuesto del río se erguía un grupo de mansiones rodeadas de árboles: la Île St-Louis. Hacia el norte había una isla más grande, con una catedral enorme que por las noches estaba iluminada con una luz amarilla.

—Aquella de allí es la Île de la Cité —explicó Amy mientras cruzaban el puente, más que nada para tranquilizarse a sí misma—, y aquélla es la catedral de Notre Dame.

—Genial —dijo Dan—, ¿crees que podremos ver al Jorobado?

—Igual más tarde. —Amy había decidido no contarle a su hermano que el Jorobado de Notre Dame era sólo el personaje de un libro—. En cuanto a esta isla más pequeña a la que vamos, la Île St-Louis, las guías de París que he leído no hablan demasiado de ella. Básicamente sólo hay casas y tiendas y cosas así. No entiendo qué estará buscando ahí Irina.

—¿No hay nada que tenga relación con Benjamin Franklin?

Amy negó con la cabeza.

—Solían llamarla la Isla de las Vacas, porque sólo ellas vivían allí. Después se convirtió en un barrio.

—Vacas, ¡qué emocionante! —exclamó Dan.

Después de todo lo que ya habían visto de París, la Île St-Louis les parecía una ciudad fantasma. Las estrechas calles estaban cercadas de elegantes y antiguos edificios de cinco plantas con tejados negros a dos aguas. La mayor parte de las ventanas estaban a oscuras y muchas de las tiendas ya habían cerrado. Las farolas proyectaban extrañas sombras de las ramas de los árboles, que parecían sombras de monstruos sobre las paredes. Amy era ya lo suficientemente mayor como para no creer en monstruos, pero aun así las sombras le inquietaban.

Una pareja de ancianos cruzó la calle delante de ellos. Amy se preguntaba si era cosa de su imaginación o si realmente la habían mirado de forma sospechosa antes de desaparecer en un callejón. En la manzana siguiente, un hombre con una boina que paseaba a un perro labrador les mostró una sonrisa al cruzarse con ellos, pero a Amy su expresión, como si escondiera un secreto, le recordó a Ian Kabra.

«Te estás volviendo un poco paranoica», se dijo a sí misma. ¿O sería posible que otras personas estuviesen buscando las pistas, personas que ni siquiera formaban parte de alguno de los siete equipos? Miró a Dan, pero decidió no comentarle nada al respecto... al menos de momento. La competición era ya lo suficientemente sobrecogedora.

Después de otros cien metros, encontraron la rue des Jardins. Era más estrecha que las otras calles a su alrededor y tenía edificios de piedra medio derruidos que debían de llevar siglos ahí.

Amy contó los números de los edificios y se paró de repente.

—Dan, ¿estás seguro de que era rue des Jardins, 23?

—Sí, ¿por qué?

Amy señaló un solar en el que no se levantaba ningún edificio. En su lugar, cercado con una valla de hierro oxidada, se encontraba un diminuto cementerio. Al fondo del mismo, había un mausoleo de mármol. Al frente, una docena de lápidas erosionadas se inclinaban en todas direcciones como si fuesen dientes torcidos.

El cementerio estaba escondido entre edificios altos: el que estaba a la derecha tenía un cartel que decía *Musée*; el de la izquierda debió de haber sido una tienda en sus días, pero ahora las ventanas estaban pintadas de negro y la puerta estaba bloqueada con tablones. La única luz que había venía del tenue resplandor naranja del cielo de la ciudad, que hacía que el lugar pareciese aún más tenebroso.

—Esto no me gusta —dijo Amy—, no puede haber ninguna conexión con Franklin aquí.

—¿Cómo lo sabes? Si ni siquiera hemos echado un vistazo. Además... ¡esas lápidas son geniales! —respondió Dan.

—No, Dan. No puedes calcarlas con carboncillo.

—Oh... —Él entró en el cementerio y Amy tuvo que seguirlo.

Las tumbas no les dijeron nada. Años atrás, probablemente habían tenido inscripciones, pero tras varios siglos éstas habían desaparecido totalmente. El pulso de Amy iba a cien por hora. Algo no iba bien. Se rompió la cabeza tratando de averiguar por qué ese lugar podría haber sido importante para Ben Franklin, pero no se le ocurrió ninguna razón.

Cautelosamente, llegó al mausoleo. Siempre había odiado las tumbas que se encontraban fuera de la tierra, pues le parecían casas de muñecas, pero para gente muerta.

Las puertas de hierro estaban abiertas y Amy no sabía si debía acercarse. Desde donde se encontraba, a tres metros de distancia, podía ver viejas placas de piedra con nombres por las paredes, nada demasiado especial a excepción de una losa que había en el suelo enfrente de la entrada. Para empezar, Amy se dio cuenta de que la inscripción era mucho más reciente que el resto del cementerio. Parecía recién grabada:

SE TROUVENT ICI
AMY ET DAN CAHILL
ILS ONT COLLÉ LEURS NEZ DANS
LES AFFAIRES DES AUTRES

—¡Vaya! ¿Qué harán ahí nuestros nombres...?

—Algún tipo de mensaje... —Amy deseaba desesperadamente poder leer francés. Se prometió a sí misma que si algún día volvía al hotel, le pediría a Nella que le diera clases.

—Entramos, ¿verdad?

—¡No, es una trampa!

Pero él dio un paso al frente y el suelo se derrumbó. La losa de mármol se cayó en la nada, llevándose a Dan con ella.

—¡Dan!

Corrió hasta el borde del agujero, pero el suelo no había terminado de desplomarse. Las piedras y la tierra se hundieron bajo sus pies como si de papel mojado se tratase y Amy también desapareció en la oscuridad.

Al principio, estaba demasiado mareada como para pensar. Tosía bastante, pues tenía los pulmones llenos de polvo. Estaba sentada sobre algo blando y caliente...

—¡Dan! —Llena de pánico y con dificultad, se bajó de él y le movió los brazos, pero estaba demasiado oscuro como para ver nada.

—Dan, por favor, ¡dime que estás vivo!

—Ah...

—¿Te encuentras bien?

—Mi hermana acaba de sentarse encima de mí con su culo huesudo. ¿Cómo voy a estar bien?

Amy suspiró aliviada. Si se metía con ella es que debía de estar bien. La joven se levantó tambaleándose. Bajo sus pies había piedras y tierra. Mirando hacia arriba, pudo ver la boca del irregular hoyo al que habían caído; estaban en algo así como un sumidero.

—El suelo estaba hueco —farfulló ella—, la tierra aquí es de piedra caliza. Hay muchas cuevas y túneles debajo de París. Creo que nos hemos caído en uno de ellos accidentalmente.

—¿Accidentalmente? —dijo Dan—. ¡Irina nos atrajo hacia aquí a propósito!

Amy sabía que probablemente su hermano llevaba razón, pero no quería pensar en eso... ni en lo que podría pasar a continuación. Tenían que salir de allí. Palpó las paredes del hoyo, pero sólo era eso, un hoyo. No había ningún túnel ni salida aparte del hueco encima de ellos, y la caída había sido de unos tres metros. Era un milagro que no se hubiesen roto ningún hueso.

De repente, una luz la cegó desde arriba.

—Muy bien —dijo una voz de hombre.

—¡Arf! —ladró un perro.

Cuando los ojos de Amy se acostumbraron a la luz, consiguió distinguir cinco figuras en chándal violeta que les sonreían y un pit bull muy nervioso.

—¡Los Holt! —exclamó Dan—. ¡Habéis ayudado a Irina a tendernos una trampa!

—Asúmelo, enano —gritó Madison—, nosotros no os hemos tendido ninguna trampa.

—Exacto —dijo Reagan—, sois vosotros solitos los que habéis caído en ella.

Ella y Madison chocaron las palmas y se echaron a reír.

Las manos de Amy empezaron a temblar. Aquello era exactamente como en sus pesadillas... Atrapada en un hoyo con un montón de gente mirándola desde fuera y riéndose de ella. Pero esta vez era real.

—Así que —dijo Eisenhower Holt—, ¿era esto lo que estabais buscando, mocosos? ¿Este Laberinto de Huesos?

Amy notó que su corazón empezaba a agitarse.

—¿Qué... qué quieres decir?

—¡Venga! Todos sabemos lo del Laberinto de Huesos. Hemos leído el almanaque.

—¿Vosotros tenéis el libro? Pero Irina...

—Nos lo robó a nosotros —gruñó Eisenhower—. Después de que nosotros se lo robáramos al tipo coreano. Íbamos a entrar a su cuartel general para recuperarlo, pero vosotros llegasteis antes de que pudiésemos programar un asalto. Ahora vosotros tenéis el libro, y como habéis venido aquí, deducimos que sabéis algo.

—Pero ¡nosotros no tenemos el libro! —dijo Amy—, ni siquiera tuvimos la oportunidad de...

—Anda, venga... —dijo Hamilton; su grasiento pelo rubio relucía en la noche—, estaba justo ahí, en la página cincuenta y dos: «BF: Laberinto de Huesos, se coordina en la caja». Era la letra de tu madre, papá la reconoció.

A Amy le temblaba todo el cuerpo. Odiaba que aquello le pasase, pero no podía evitarlo. Los Holt habían leído más que ella, habían encontrado otro mensaje de su madre: «Laberinto de Huesos, se coordina en la caja». Había entendido la parte del Laberinto de Huesos, o al menos eso se temía... pero ¿qué era «se coordina en la caja»?

—No... no sé qué quiere decir —dijo ella—. No tenemos el libro; si nos ayudáis a salir, tal vez podría...

—¡Sí, claro! —se burló Madison—. Ahora mismo os ayudamos, ¿a que sí?

Empezaron a reírse de nuevo. Todo el clan de los Holt se estaba riendo de ella.

—Por favor, parad... —susurró—, no...

—Oh, va a llorar —se mofó Hamilton—; tíos, sois patéticos. No puedo creer que hayáis sobrevivido al incendio y a la bomba.

—¿Qué? —gritó Dan—. ¿Vosotros quemasteis la mansión de Grace? ¿Vosotros pusisteis esa bomba en el museo?

—Para retrasaros un poco —admitió Eisenhower—, pero deberíamos haberos vencido cara a cara. Lo siento.

Dan les lanzó una piedra, pero ésta se pasó entre las piernas de Reagan sin lastimar a nadie.

—¡Idiotas! ¡Sacadnos de aquí!

Reagan frunció el ceño. Pero Madison y Hamilton empezaron a gritarle a Dan, y *Arnold* empezó a ladrar. Amy sabía que eso no les iba a llevar a ningún lado. Tenían que convencer a los Holt de que los ayudaran a salir, pero ella no conseguía articular ni una palabra. Tan sólo quería acurrucarse y esconderse.

Entonces el suelo tembló y se oyó un ruido parecido al de un enorme motor. Los Holt se volvieron hacia la calle y se quedaron de piedra al ver lo que estaba pasando.

—¡Pequeños embaucadores! —dijo Eisenhower enfurecido mirando hacia ellos—. Esto era una emboscada, ¿verdad?

—¿De qué estás hablando? —preguntó Dan.

—Un camión está bloqueando las puertas —dijo Mary-Todd—, un camión cisterna con cemento.

—Mira, papá —dijo Reagan nerviosa—, tienen palas.

El sentido del peligro de Amy empezó a pitar. Dan se volvió y ella pudo ver que su hermano pensaba lo mismo que ella.

—Van a rellenar el agujero —dijo Dan—, ¿verdad?

Ella asintió con debilidad.

—¡Señor Holt! —Dan empezó a saltar como el perro *Arnold*, pero no llegaba a lo alto del hoyo.

—Venga, ¡tiene que ayudarnos a salir! ¡Le ayudaremos!

El señor Holt resopló.

—¡Vosotros nos habéis metido en esto! Además, vosotros no podéis pelear, enanos.

—Papá —dijo Reagan—, tal vez deberíamos...

—Cállate —refunfuñó Hamilton—, ¡nosotros nos encargaremos de esto!

—¡Reagan! —gritó Dan—. ¡Venga! ¡Diles que nos ayuden!

Reagan frunció el ceño y fijó la vista en el suelo.

Dan miró a Amy desesperadamente.

—Tienes que hacer algo. ¡Diles que has comprendido lo que decía el libro!

Pero a Amy no le salían las palabras. Amy se sentía como si ya estuviese cubierta de cemento. Su hermano la necesitaba, tenía que decir algo, y sin embargo ella estaba allí quieta, paralizada, sin poder ayudar y odiándose a sí misma por estar tan asustada.

—¡Eh, Amy sabe qué significa la pista y os lo dirá si nos ayudáis a salir!

El señor Holt frunció el ceño. Amy sabía que él no se lo creería. Se quedarían en ese hoyo para siempre, petrificados en el cemento. Pero el señor Holt se sacó la chaqueta del chándal y la introdujo en el hoyo.

—Agárrate a la manga.

En cuestión de segundos, Amy y Dan estaban fuera del agujero. Efectivamente, un camión había bloqueado las puertas del cementerio. Seis matones con monos de trabajo y cascos estaban rodeando la valla y sujetaban las palas como si estuviesen preparados para pelear.

—Muy bien, equipo —dijo el señor Holt con entusiasmo—. Enseñémosles cómo se hace. ¡Al estilo Holt!

Toda la familia echó a correr hacia ellos. El señor Holt cogió la pala del primer matón y la lanzó, con el hombre aún sujeto a ella, contra un lateral del camión. ¡Plas! Las chicas, Madison y Reagan, chocaron contra uno de los matones con tanta fuerza que éste salió volando y se estampó contra la ventana de una floristería. *Arnold* mordió al tercer matón en la pierna y lo sujetó con sus mandíbulas de acero. Mary-Todd y Hamilton abordaron al cuarto matón contra el vertedor de detrás del camión, y el hombre golpeó una palanca con la cabeza y el cemento empezó a desparramarse por toda la calle.

Lamentablemente, quedaban aún dos matones que corrían en dirección a Dan y a Amy. La joven sintió que el miedo se le acumulaba en la garganta. Reconoció sus caras: eran los guardias de seguridad de la base secreta de los Lucian. Antes de que se le ocurriese ningún plan, Dan abrió la cremallera de su mochila y sacó su esfera de plata.

—¡No, Dan! —dijo Amy—, no puedes...

Pero él lo hizo.

Por mucho que le gustase el béisbol, Dan era el peor lanzador del mundo. La esfera se coló entre los dos hombres que iban a por ellos y explotó a los pies del señor Holt emitiendo un cegador flash amarillo. El ruido tronó como si el tambor más grande del mundo hubiera sido golpeado con un mazo. Amy se quedó atónita. Cuando recuperó los sentidos, vio que toda la familia Holt y los tipos con los que se habían peleado estaban tirados en el suelo, inconscientes. Todos, excepto los dos a quienes Dan había apuntado, que estaban sólo aturdidos, tambaleándose y agitando las cabezas.

Amy miró a Dan horrorizada.

—¿Qué has hecho?

Dan parecía sorprendido.

—Eh, creo que es una granada de conmoción. ¡Como la del museo! Los he dejado K.O.

Los dos matones que estaban aún en pie parpadearon un par de veces y después se concentraron en Dan y en Amy. No parecían contentos.

—¡Corre! —Dan empujó a Amy detrás del mausoleo, pero no había adónde ir, sólo otra valla de hierro y, unos cuantos metros más allá, la parte trasera de un edificio de paredes de ladrillo y de unos diez metros de alto.

Desesperados, treparon por la valla de todos modos. La camiseta de Amy se enganchó con un barrote, pero Dan la consiguió soltar. Juntos palparon la pared de atrás de ese edificio, pero no encontraron ningún camino. No había salida. Estaban atrapados. Si al menos tuvieran una arma... Entonces

Amy se dio cuenta de que su cerebro ya no estaba paralizado por el temor. La explosión había hecho que espabilara y había recuperado todos sus sentidos. Sabía lo que necesitaban.

—Dan, ¡la batería de Franklin!

—¿Para qué?

Ella abrió la mochila y sacó la batería. Los dos matones avanzaban con cautela, probablemente preguntándose si Dan tendría más granadas. Amy desenroscó los cables de cobre de la batería y se aseguró de que los extremos estaban pelados.

—Espero que tenga algo de carga.

—¿Qué estás haciendo?

—Franklin solía hacer esto para divertirse —explicó ella—, para asustar a sus amigos. Tal vez haya suficiente...

Los hombres estaban ya en la valla. Uno de ellos murmuró algo en francés, parecía ordenarles que se rindiesen. Amy movió la cabeza negándose.

Los hombres empezaron a trepar y Amy saltó hacia adelante. Puso los cables en la valla y los dos hombres gritaron sorprendidos. Saltaron chispas azules en las barras metálicas, de las manos de los hombres salía humo y cayeron hacia atrás, inconscientes. Amy tiró la batería.

—¡Vamos! —dijo.

En un abrir y cerrar de ojos, volvieron al otro lado de la valla. Salieron corriendo del cementerio, se cruzaron con los inconscientes Holt y con los matones y el camión volcado.

Amy sintió una punzada de remordimiento por dejar a los Holt allí, pero no tenían opción.

No dejaron de correr hasta que llegaron al puente Louis-Philippe. Amy se encogió, tratando de recuperar el aliento. Al menos estaban a salvo, habían sobrevivido a la trampa.

Pero cuando se dio la vuelta, vio algo que la asustó aún

más que el cementerio. Entre las sombras que se vislumbraban en el extremo del puente, cien metros más atrás en el camino que acababan de recorrer, había un hombre alto y con el pelo gris que llevaba un abrigo negro.

Y Amy estaba segura de que los estaba observando.

CAPÍTULO 15

Dan pensó que Nella iba a matarlos. Nunca antes había visto su cara tan colorada.

—¿Que habéis hecho qué?

Caminaba de un lado a otro en su diminuta habitación de hotel.

—Dos horas, dijisteis. Dos horas. Yo esperando en la puerta del hotel eternamente y vosotros sin venir. No me llamasteis. ¡Pensé que estabais muertos!

Ella agitó su iPod para enfatizar su enfado y los auriculares, que estaban sueltos, bailaron con él.

—El teléfono no funcionaba —dijo Amy, avergonzada.

—Nos desviaron de nuestro objetivo —añadió Dan—, estaba la granada de conmoción, el camión de cemento y la batería. Y una rebanada de pan.

Dan estaba bastante seguro de no haberse dejado ningún detalle, pero Nella parecía no haber entendido nada.

—Empezad por el principio —les pidió—, y no me mintáis.

Tal vez fuese porque estaba demasiado cansado para mentir, pero Dan le contó toda la historia, incluso le habló de las treinta y nueve pistas. Amy se encargó de explicar los detalles que su hermano se iba dejando atrás.

—Así que casi acaban con vosotros —dijo Nella con un hilo de voz—, esos estúpidos iban a verter cemento sobre vuestras cabezas.

—Tal vez un poquito —dijo Dan.

—¿Qué decía la inscripción? —preguntó Nella.

Dan no sabía nada de francés, pero había memorizado automáticamente las palabras de la losa de mármol, así que se las repitió a la niñera.

—«Aquí yacen Amy y Dan Cahill —tradujo ella—, que metieron sus narices en los asuntos de las personas equivocadas.»

—¡Fue culpa de Irina Spasky! —dijo Dan—. Ella nos incitó a ir allí. Lo había planeado todo.

—Y no podremos pagarte —se lamentó Amy—, no tenemos dinero para el vuelo de vuelta. Lo siento mucho, Nella.

Nella se quedó inmóvil. La purpurina de sus ojos ese día era roja, lo que la hacía parecer aún más enfadada. Tenía los brazos cruzados por encima de su camiseta, en la que había una fotografía de un *punk* rockero gritando. En general, daba bastante miedo. Al final, agarró a Amy y a Dan y les dio un fuerte abrazo.

Se agachó para poder mirarlos a los ojos.

—Tengo algo de dinero en mi cuenta. No hay problema.

Dan estaba confundido.

—Entonces, ¿no vas a matarnos?

—Voy a ayudaros, tonto. —Nella meneó los hombros del muchacho gentilmente—. Con mis niños no se mete nadie.

—Con tus chicos —corrigió Dan.

—¡Lo que sea! Y ahora a dormir. Mañana tenemos que repartir unas cuantas palizas.

Maison des Gardons en realidad no quería decir «casa de los jardines». Por lo visto, *gardons* significa «cucarachas». Dan lo descubrió porque Nella se lo explicó y también porque se pasó toda la noche escuchando algo que se arrastraba por el suelo. Le hubiera gustado que *Saladin* estuviese allí. El gato se lo habría pasado en grande jugando a ser un depredador de la selva.

Por la mañana, medio dormidos, se dieron una ducha y se cambiaron de ropa. Nella volvió de la cafetería de la esquina con un café para ella, chocolate caliente para Dan y Amy y *pains au chocolat* para todos. Dan decidió que ningún país en el que se comiese chocolate para desayunar podía ser tan malo.

—Bueno —dijo—, ¿podré conseguir algunas granadas más hoy?

—¡No! —dijo Amy—. Fue una suerte que la granada fuese sólo de conmoción. Podrías haber hecho volar por los aires a toda la familia Holt.

—¿Y eso habría sido algo malo porque...?

—Vale, chicos, cortad el rollo —dijo Nella—, lo importante es que estáis a salvo.

Amy cogió su *croissant*. Esa mañana estaba pálida y su pelo estaba totalmente enmarañado.

—Dan, siento lo que pasó anoche. Me entró el pánico y casi consigo que nos maten.

Él casi había olvidado esa parte. En aquel momento le había molestado bastante, pero era difícil seguir enfadado cuando su hermana se rebajaba de aquella forma y le pedía disculpas. Además, aquello que había hecho con la batería era genial y compensaba el momento en que había perdido los papeles.

—No te preocupes —respondió él.

—Pero ¿y si pasa otra vez...?

—Eh, si dejamos que Irina nos haga caer de nuevo en una trampa es que somos más estúpidos que los Holt.

Amy no parecía sentirse mejor.

—Lo que no entiendo es lo del hombre de negro. ¿Por qué estaba allí anoche? Y si los Holt fueron los que provocaron el incendio en la mansión de Grace y pusieron la bomba en el museo...

—Entonces, ¿qué hacía el hombre de negro en los dos lugares? —terminó Dan—, ¿y por qué tiene Irina una foto de él?

Esperaba que Amy diese una de sus respuestas tipo «yo-hice-un-trabajo-sobre-eso-el-año-pasado», pero ella se limitó a fruncir el ceño.

—Chicos, tal vez deberíais concentraros en nuestro siguiente destino.

Amy respiró profundamente.

—Creo que ya sé adónde ir. Dan, ¿puedo usar tu portátil?

Él la miró fijamente, pues a Amy no le gustaban los ordenadores. Pero al final se lo prestó y Amy empezó a investigar por Internet.

En pocos segundos, la joven hizo una mueca y giró el portátil para que ellos pudieran mirar. La fotografía mostraba un montón de huesos en una oscura habitación de piedra.

—Hace ya tiempo que lo sospechaba —dijo Amy—, pero esperaba estar equivocada porque es arriesgado. El Laberinto de Huesos. Eso es lo que la nota de mamá decía en el *Almanaque del pobre Richard*. Tenemos que explorar las catacumbas.

—¿Catacumba viene de catástrofe?

A Dan le pareció una pregunta bastante razonable, pero Amy lo miró con cara de «mira que eres tonto».

—Algunas forman redes de túneles —dijo Nella—. Sí, recuerdo haber oído algo así. Y están llenas de huesos, ¿verdad?

—Yo quiero una habitación decorada con huesos —dijo Dan—. ¿De dónde vienen?

—De los cementerios —explicó Amy—. En el siglo XVIII, los cementerios empezaban a estar demasiado llenos, así que decidieron desenterrar montones de cadáveres viejos, coger todos esos huesos, y llevarlos a las catacumbas. La cuestión es que... mira las fechas. ¿Ves cuándo empezaron a trasladar huesos a las catacumbas?

Dan miró la pantalla, pero no entendía de qué estaba hablando su hermana.

—¿El día de mi cumpleaños?

—No, tonto. El año: en 1785. No lo declararon abierto oficialmente hasta el año siguiente, pero empezaron a planificar el proyecto y a trasladar allí los huesos ya en el año 1785, que es también el último año que Benjamin Franklin estuvo en París.

—Vaya, quieres decir...

—Que él escondió algo ahí abajo.

Hubo un silencio tan grande que Dan podía oír a las cucarachas que se movían dentro del armario.

—Entonces —intervino Nella—, tenemos que ir bajo tierra, al Laberinto de Huesos, y encontrar... lo que sea que estemos buscando.

Amy asintió.

—Aunque hay que tener en cuenta que las catacumbas son enormes y que no sabemos por dónde buscar. Lo único que se me ocurre es que existe una entrada pública. Aquí dice que está en la estación de metro Denfert-Rochereau, en el *arrondissement* número 14.

—Pero si ésa es la única entrada pública —dijo Dan—, es bastante posible que los otros equipos se dirijan también allí. Han estado robándose mutuamente el almanaque, tarde o temprano entenderán lo del Laberinto de Huesos, si no lo han hecho ya.

—A mí me parece bien —Nella se sacudió el chocolate y las migas de la camiseta—, reunámonos con vuestra familia.

La mochila de Dan era mucho más ligera ese día, pero antes de marcharse se aseguró de que la foto de sus padres estuviera aún a salvo en el bolsillo lateral. Su madre y su padre estaban en el mismo lugar donde los había dejado, en la funda de plástico del álbum de fotos, sonriendo en lo alto de su montaña como si no les importase lo más mínimo compartir su espacio con una batería de Franklin y una granada.

Dan se preguntaba si estarían orgullosos de él por haber conseguido salir de ese hoyo la noche anterior o si se mostrarían tan protectores como Amy: «Casi consigues que te maten, bla, bla, bla». Seguro que ellos lo hubieran entendido. Probablemente habrían vivido montones de aventuras. Tal vez su casa tuviese también un arsenal, antes de haberse quemado.

—Dan —lo llamó Amy—, ¡sal del baño y vamos!

—¡Ya voy! —gritó él, mirando a sus padres una vez más—. Gracias por la nota sobre el Laberinto de Huesos, mamá. ¡No te decepcionaré!

Volvió a guardar la foto en su mochila y se unió a Amy y a Nella.

Dos minutos después de haber dejado la estación de metro de Denfert-Rochereau, tropezaron con el tío Alistair. Era difícil que pasase desapercibido con el traje color cereza y el pañuelo amarillo canario que vestía, mientras balanceaba su bastón de puño de diamantes con una mano. El anciano se dirigió hacia ellos, sonriendo con los brazos abiertos. Cuando estuvo lo suficientemente cerca, Dan notó que tenía un ojo morado.

—¡Mis queridos niños!

Nella le golpeó en la cabeza con su mochila.

—¡Ay! —El tío Alistair se encogió y tapó su ojo bueno con la mano.

—¡Nella! —dijo Amy.

—¡Lo siento! —dijo Nella entre dientes—, me había parecido que era uno de los malos.

—Es que lo es —confirmó Dan.

—No, no. —Alistair trató de sonreír, pero todo lo que podía hacer era poner una mueca de dolor y parpadear.

Dan se imaginó que su otro ojo se iba poner negro también por culpa de ese golpetazo. La mochila de Nella no era nada ligera.

—¡Niños, por favor, debéis creerme! ¡No soy vuestro enemigo!

—¡Nos robaste el libro —exclamó Dan— y nos dejaste allí cuando podríamos haber muerto!

—Lo admito, chicos. Creí haberos perdido en el incendio, a mí me costó muchísimo trabajo salir. Afortunadamente, encontré una palanca que abría la puerta. Os llamé, pero debíais de haber encontrado otra salida y sí, tenía el almanaque, es que no podía dejarlo atrás. Admito que me entró el pánico cuando salí. Tenía miedo de que nuestros enemigos estuviesen aún cerca o de verme atrapado entre las terribles llamas, así que huí. Perdonadme.

A juzgar por el gesto de la cara de Amy, su enfado había disminuido, pero Dan no creía una sola palabra de lo que el anciano decía.

—¡Está mintiendo! —exclamó Dan—. ¡«No os fiéis de nadie»! ¿Recuerdas?

—¿Le golpeo de nuevo? —preguntó Nella.

El tío Alistair se estremeció.

—Por favor, escuchad. El acceso a las catacumbas está justo ahí. —Señaló un edificio muy sencillo y con fachada negra al otro lado de la calle. En la puerta de entrada había unas letras negras que decían: «*Entrée des Catacombes*».

Aquél parecía un barrio normal: había casas, apartamentos y peatones de camino al trabajo. Era difícil creer que un laberinto de personas muertas se hallaba justo debajo.

—Tengo que hablar con vosotros antes de que entréis ahí —insistió Alistair—, sólo os pido diez minutos. Corréis peligro de muerte.

—Peligro de muerte —masculló Dan—. ¿Es una broma de mal gusto o algo así?

—Dan... —Amy puso la mano en el brazo de su hermano—, tal vez deberíamos escucharle, son sólo diez minutos. ¿Qué perdemos?

A Dan se le ocurrieron muchas cosas que podía perder, pero Alistair sonrió.

—Gracias, querida. Hay una cafetería justo ahí; ¿vamos?

Como era Alistair el que pagaba, Dan pidió algo de comer: un bocadillo de pavo y queso con patatas y un vaso grande de coca-cola, que por alguna razón le sirvieron sin hielo. Nella habló en francés con el camarero durante un buen rato y eligió algo exótico del menú gourmet. El camarero parecía impresionado por su elección, pero cuando trajeron el plato Dan no tenía ni idea de qué era. Parecían pegotes de plastilina con mantequilla de ajo.

Con una voz triste, el tío Alistair les explicó cómo los Holt le habían tendido una emboscada en el exterior del aeropuerto Charles de Gaulle y le habían cogido el *Almanaque del pobre Richard*.

—Esos bárbaros me golpearon en la cara y luego me rompieron una costilla. La verdad es que me estoy haciendo muy viejo para estas cosas —dijo el anciano mientras se tocaba los moratones de los ojos.

—Pero... ¿por qué están todos matándose los unos a los otros por ese dichoso libro? —preguntó Amy—. ¿No hay otras formas de encontrar la pista? Como el mensaje invisible que nosotros encontramos en Filadelfia en...

—¡Amy! —gritó Dan—, ¡eso es un secreto!

—Está bien, chico —dijo Alistair—, tenéis razón, por supuesto, Amy. Hay varias maneras de llegar a la siguiente pista. Por ejemplo, yo encontré un mensaje codificado en un famoso retrato de... Bueno, miradlo vosotros mismos.

El tío Alistair buscó en los bolsillos de su abrigo y sacó un papel que estaba doblado. Lo abrió y todos pudieron ver que se trataba de la copia a color de un cuadro en el que salía Benjamin Franklin, ya de mayor, vestido con una especie de túnica de color rojo en medio de una tormenta eléctrica, lo que parecía bastante tonto. Un conjunto de ángeles con cuerpo de bebé revoloteaban a su alrededor: dos en sus pies, trabajando con baterías, y tres detrás de él, sujetando una cometa con una llave en la cuerda. Los relámpagos pasaban por la llave hasta su mano alzada, pero a Ben no parecía molestarle aquello. Su largo pelo gris estaba erizado y tieso, así que tal vez ya estuviera habituado a recibir descargas eléctricas.

—No fue así ni por asomo —dijo Dan—, con los ángeles y todo eso.

—No, Dan —confirmó Alistair—. Esto es simbólico. El pintor, Benjamin West, tenía la intención de describir a Franklin como un héroe por haber conseguido atraer los rayos del cielo. Pero hay mucho más simbolismo del que cualquiera hubiera descubierto; eso sí, está tan bien escondido que sólo un Cahill podría descubrirlo. Mirad la rodilla de Franklin.

Dan no alcanzaba a ver nada más que una rodilla, pero Amy exclamó:

—¡La forma que hace la tela!

Dan parpadeó, y entonces entendió a qué se refería. Una parte de la rodilla de Franklin estaba pintada en un tono rojizo más claro, pero no era una simple mancha. Era una silueta que él había visto en muchas ocasiones anteriormente.

—Vaya —dijo él—, el escudo de los Lucian.

Nella entrecerró los ojos.

—¿Eso? Se parece a una de las mujeres que salen en los calendarios de los talleres de coches.

—No, son dos serpientes alrededor de una espada —dijo Amy—; créeme, si hubieses visto el escudo Lucian, tú también lo reconocerías.

—Hay más —dijo Alistair—; mirad el papel que sujeta Franklin. Dadle la vuelta. Está ahí, tapado con la pintura blanca, es casi imposible de leer.

Dan nunca se habría dado cuenta si Alistair no lo hubiera mencionado, pero cuando miró más de cerca, pudo ver la marca de las palabras desaparecidas en el documento que Franklin tenía en las manos.

—París —leyó el muchacho en voz alta—, 1785.

—Exacto, mi querido niño: un cuadro de Franklin con una llave, un blasón de la familia Cahill y las palabras «París, 1785». Una pista significativa.

—Yo nunca habría encontrado esto —dijo Amy, sorprendida.

Alistair se encogió de hombros.

—Muchacha, tal y como tú decías, hay muchos indicios que nos indican el camino hacia la segunda pista. Lamentablemente, los Cahill nos dedicamos a pelear entre nosotros, a robar información y a impedirles a los demás avanzar. —El anciano cambió de postura e hizo un gesto de dolor—. Mi costilla rota y mis ojos morados son prueba de ello.

—Pero ¿quién se encargó de esconder todas estas señales? —preguntó Amy—. ¿El propio Franklin?

Alistair dio un sorbo a su café.

—No lo sé, muchacha, pero en mi opinión se trata de una mezcolanza, un esfuerzo colectivo de muchos Cahill a lo largo de los siglos. Nuestra querida Grace parece haber sido la que reunió todas estas guías, aunque no sé ni cómo ni por qué. Sea lo que sea el tesoro final, las más grandes mentes Cahill han hecho enormes esfuerzos para mantenerlo oculto. Aunque algunos, como Benjamin Franklin, intentan dirigirnos hacia él. Supongo que sólo obtendremos la respuesta cuando encontremos el tesoro.

—¿Nosotros? —dijo Dan.

—Aún creo que necesitamos aliarnos —añadió Alistair.

—De eso nada —dijo Nella moviendo la cabeza de un lado para otro—, no confiéis en este hombre, niños, es un completo blandengue.

—Y tú eres una experta en blandos, ¿verdad, joven niñera?

—¡Cuidadora! —corrigió Nella.

Alistair parecía querer hacer otra broma a sus expensas, pero cuando vio su mochila letal cambió de idea.

—La cuestión es, niños, que nuestros competidores han decidido que vosotros sois el equipo al que hay que vencer.

—¿Por qué nosotros? —preguntó Amy.

Alistair se encogió de hombros.

—Hasta el momento siempre habéis estado a la cabeza de la competición. Habéis escapado de todas las trampas. Siempre fuisteis los favoritos de Grace.

Le brillaban los ojos como a un hambriento cuando mira una hamburguesa.

—Seamos honestos, ¿de acuerdo? Todos creemos que Grace os dio información privilegiada, seguro que lo hizo. Decidme qué es y yo os ayudaré.

Dan apretó los puños al acordarse del vídeo en el que Grace anunció la competición; lo había dejado atónito. Grace debería haberles dado información privilegiada, él también lo creía. Si realmente los quería, no debería haberlos dejado en la oscuridad. Ahora los otros equipos iban a por ellos porque creían que Amy y Dan eran los favoritos de Grace. Aunque, por lo visto, no le habían importado demasiado. Ellos eran tan sólo un equipo más en el juego cruel que ella había organizado. Cuanto más lo pensaba, más traicionado se sentía. Miró el collar de jade alrededor del cuello de Amy; hubiera querido arrancárselo y tirarlo a la basura. Los ojos empezaron a arderle.

—No tenemos ningún tipo de información privilegiada —farfulló.

—Venga, muchacho —dijo Alistair—, estáis en peligro y yo

podría protegeros. Podríamos bajar a las catacumbas juntos y buscar entre todos.

—Bajaremos a las catacumbas nosotros solos—dijo Dan.

—Como desees, chico. Pero tenéis que ser conscientes de que las catacumbas son enormes. Hay miles de túneles y muchos de ellos ni siquiera aparecen en los mapas; podríais perderos muy fácilmente ahí. Hay patrullas de policía especiales que vigilan que nadie entre en los lugares no autorizados. Algunos de los túneles están inundados y muchos de ellos se derrumban por el paso del tiempo. Buscar la pista de Franklin en las catacumbas será peligroso e inútil a menos que... —se inclinó hacia ellos y arqueó las cejas—, a menos que vosotros sepáis algo que no me habéis dicho. El almanaque tenía una nota al margen que decía que se coordina en una caja. ¿Por casualidad no sabréis a qué se refiere con la «caja»?

—Aunque lo supiéramos —dijo Dan—, no te lo diríamos.

Amy tocó el collar de jade.

—Lo siento, tío Alistair.

—Entiendo —dijo éste volviendo a su postura original—, admiro vuestro espíritu. Pero... ¿y si yo estuviera dispuesto a intercambiar información? Estoy seguro de que os habéis hecho preguntas sobre esas notas de vuestra madre. Yo conocí a vuestros padres y podría explicaros algunas cosas.

Dan se sentía como si el aire se hubiese convertido en cristal. Tenía miedo de moverse por si acaso se rompía.

—¿Qué cosas?

Alistair sonrió, como si supiese que los había embaucado.

—Sobre el interés de vuestra madre en las pistas, por ejemplo, o sobre la verdadera profesión de vuestro padre.

—Daba clases de matemáticas en la universidad —dijo Amy.

—Mmm.

La sonrisa de Alistair resultaba tan irritante que Dan tuvo la tentación de pedirle a Nella que le golpeara con su mochila otra vez.

—Tal vez os gustaría saber qué ocurrió la noche que ambos murieron.

El bocadillo de queso y pavo se revolvía en el estómago de Dan.

—¿Qué sabes tú de eso?

—Hace muchos años, vuestra madre... —Alistair dejó de hablar de repente, sus ojos estaban fijados en algo al otro lado de la calle—. Niños, seguiremos hablando luego. Creo que deberíais entrar en las catacumbas solos; yo no entraré todavía, para demostraros que podéis fiaros de mí.

—¿Qué quieres decir? —preguntó Dan.

Alistair señaló con su bastón. Cien metros más allá, en la calle, Ian y Natalie Kabra empujaban a la multitud, apresurándose para llegar a la entrada de las catacumbas.

—Intentaré distraerlos todo lo que pueda —prometió Alistair—; ¡ahora bajad ahí rápidamente!

CAPÍTULO 16

Amy odiaba las multitudes, pero la idea de sumergirse en medio de siete millones de muertos no la incomodaba.

Nella, Dan y ella bajaron apresuradamente por una escalera metálica y llegaron a un pasillo de piedra caliza con tubos de metal en lo alto de las paredes que iluminaban el espacio con una tenue luz eléctrica. El aire estaba templado y olía a moho y a piedra húmeda.

—Sólo hay una salida, chicos —dijo Nella nerviosa—; si nos quedamos aquí atrapados...

—El túnel debería ramificarse pronto —dijo Amy tratando de parecer más segura de lo que realmente estaba.

Los muros de piedra estaban llenos de inscripciones. Algunas parecían recientes y otras antiguas. Una de ellas estaba grabada en una losa de mármol justo encima de sus cabezas.

—«Atrás, mortales —tradujo Nella—. Éste es el reino de los muertos.»

—Menudos ánimos —masculló Dan.

Continuaron caminando. El suelo era de gravilla fina. Amy seguía pensando en el tío Alistair. ¿Sería verdad que sabía cosas de sus padres o sólo estaba manipulándolos? Intentó dejar de pensar en ello.

—¿Dónde están los huesos? —preguntó Dan. Después giraron en una esquina, entraron en una gran habitación, y entonces excamó—: ¡Oh!

Era el lugar más espeluznante que Amy había visto nunca. Contra la pared, se apilaban huesos humanos como si de leña se tratase; se elevaban desde el suelo hasta por encima de la cabeza de la joven. Los restos eran amarillos y marrones; principalmente eran huesos de piernas, pero también había calaveras aquí y allá como si fuesen remiendos de una colcha. Encima de cada pila de huesos había una hilera de cráneos.

Amy caminaba en silencio, sobrecogida. La siguiente habitación era igual a la primera: una pared tras otra de restos putrefactos. La tenue luz eléctrica proyectaba espeluznantes sombras sobre los muertos, haciendo que los vacíos huecos de los ojos pareciesen aún más aterradores.

—¡Qué asco! —dijo Nella—. Hay miles de huesos.

—Millones —corrigió Amy—, ésta es sólo una pequeña parte.

—¿Desenterraron a toda esta gente? —preguntó Dan—. ¿Quién querría un trabajo así?

Amy no tenía respuesta a esa pregunta, pero le sorprendía ver cómo los obreros habían hecho diseños con las calaveras en las pilas de fémures: diagonales, líneas...; había incluso algunos en los que al unir los puntos aparecía una figura. De una forma extraña y horrible, resultaba incluso bonito.

En la tercera habitación descubrieron un altar de piedra con las velas apagadas.

—Necesitamos encontrar la sección más antigua —dijo Amy—, estos huesos son demasiado recientes. Mirad la placa, son de 1804.

Ella iba a la cabeza del grupo. Los huecos sin ojos de los muertos parecían mirarlos fijamente cuando pasaban por delante.

—Éstos son geniales —dijo Dan—, tal vez podría...

—No, Dan —dijo Amy—, no puedes coleccionar huesos humanos.

—Oh...

Nella murmuraba algo que parecía un rezo en italiano.

—¿Por qué querría Benjamin Franklin venir aquí abajo?

—Él era científico. —Amy continuó caminando y leyendo las fechas de las placas de latón—. Le gustaban los proyectos de obras públicas. Esto le debió de fascinar.

—Millones de personas muertas... —dijo Nella—. Realmente fascinante.

Bajaron por un pasillo estrecho y se encontraron con una puerta metálica. Amy sacudió las barras y la puerta chirrió al abrirse como si no la hubiesen abierto en cientos de años.

—¿Estás segura de que tenemos que bajar por aquí? —preguntó Nella.

Amy asintió. Las fechas iban disminuyendo, acercándose a la que buscaban. Por otro lado, no había tubos metálicos en el techo de esa zona, con lo cual no habría luz eléctrica.

—¿Alguien tiene una linterna?

—Yo —dijo Nella—, en mi llavero.

Sacó las llaves y se las dio a Amy. La lucecita era muy pequeña y se encendía al apretar un botón. No era demasiado, pero era mejor que nada. Los chicos continuaron su camino y después de cien metros entraron en una pequeña habitación que tenía otra salida.

Amy dirigió la linterna hacia una vieja placa rodeada de calaveras.

—¡1785! Éstos tienen que ser los primeros huesos que se trajeron aquí.

La pared a la que estaban mirando se encontraba en bastante mal estado. Los huesos eran marrones y quebradizos y algunos estaban desperdigados por el suelo. Las calaveras de la parte de arriba se habían aplastado, aunque las que se hallaban empotradas en la pared parecían intactas. El diseño no era nada apasionante: estaban apiladas formando cuadrados.

—Buscad bien —dijo Amy—, tiene que estar por aquí.

Dan introdujo las manos en algunos de los huecos de la pared de huesos, Nella palpó la parte superior de la losa y Amy miró en las cavidades de los ojos de los cráneos con la linterna, pero no encontró nada.

—No hay nada que hacer —dijo ella al final—; si aquí había algo, otro equipo debe de haberlo encontrado.

Dan se rascó la cabeza y después rascó la frente de una calavera.

—¿Por qué estarán numeradas?

Amy no se sentía de humor para sus juegos.

—¿De qué números hablas?

—Estos que tienen en la frente. —Dan tocó uno de los cráneos—. Este tipo era el número tres. ¿Jugaban en un equipo de fútbol o algo así?

Amy se aproximó al conjunto de huesos. Dan tenía razón. El número estaba medio borrado, pero había sido grabado en la frente de la calavera con un cuchillo o algo punzante y estaba escrito con números romanos.

Ella examinó la calavera de debajo. Tenía el número XIX. El conjunto de cráneos numerados formaba un cuadrado.

—¡Mirad en todas! ¡Rápido!

No les llevó mucho tiempo. Había dieciséis calaveras en

medio de la pila de huesos, distribuidas en cuatro filas y cuatro columnas. Tres de ellas no tenían números, pero todas las demás sí. Éste era su aspecto:

A Amy le recorrió un escalofrío por la espalda.

—«Se coordina en una caja.» Una caja mágica.

—¿Qué? —dijo Dan—. ¿Una qué mágica?

—Dan, ¿puedes memorizar estos números y sus posiciones?

—Ya lo he hecho.

—Tenemos que salir de aquí y encontrar un mapa. Ésta es la pista: bueno, la pista para la pista de verdad, lo que Franklin escondía.

—Un momento —dijo Nella—; ¿Franklin grabó números en calaveras? ¿Por qué?

—Es una caja mágica —dijo Amy—; Franklin solía jugar con

los números cuando se aburría. Como cuando formaba parte de la asamblea de Filadelfia y no quería escuchar los discursos aburridísimos, creaba cajas mágicas, problemas de números para sí mismo. Él tenía que rellenar los huecos con números de manera que las sumas coincidiesen, tanto en las filas como en las columnas.

Nelly frunció el ceño.

—¿Estás diciendo que Benjamin Franklin inventó los sudokus?

—Bueno, más o menos. Y éstos...

—Son coordenadas —explicó Dan—. Los números que faltan muestran el emplazamiento de la siguiente pista.

El eco de unas palmadas recorrió la habitación.

—Bravo.

Amy se dio la vuelta. En la entrada de la habitación estaban Ian y Natalie Kabra.

—Te dije que lo conseguirían —le recriminó Ian a su hermana.

—Eso parece —confirmó Natalie.

Amy odiaba que, incluso bajo tierra en una habitación llena de huesos, Natalie se las arreglara para mantener su sofisticado aspecto. Vestía un traje de una pieza muy ceñido y de color negro que le cubría todo el cuerpo, así que parecía una niña de once años vestida como una mujer de veintitrés. Llevaba el pelo suelto, por encima de los hombros. La única parte del conjunto que no combinaba era la diminuta cerbatana de plata que sostenía en la mano.

—Parece que, después de todo, no importa demasiado que Irina nos haya fallado.

—¡Así que fuisteis vosotros! —dijo Dan—. Convencisteis a

Irina para que nos tendiese una trampa en la Île St-Louis. ¡Casi nos enterráis vivos en cemento!

—Fue una pena que no saliera bien —respondió Natalie—, habríais sido un bonito felpudo de bienvenida para el mausoleo.

—Pero... ¿por qué? —tartamudeó Amy.

Ian sonrió.

—Para eliminaros de la competición, por supuesto. Y para conseguir tiempo extra para encontrar este lugar. Teníamos que asegurarnos de que nuestra querida y astuta prima Irina no nos había enviado al lugar equivocado. Debería haberme fijado en la caja mágica antes. Gracias por vuestra ayuda, Amy. Ahora, si salís de en medio, copiaremos esos números y nos iremos.

Amy, preocupada, respiró hondo.

—No.

Ian se burló de ella.

—¿No es mona, Natalie? Se comporta como si tuviera elección.

—Sí —respondió su hermana mientras arrugaba la nariz—, muy mona.

Amy se puso colorada. Los Kabra siempre la hacían sentirse muy incómoda y estúpida, pero ella no podía dejarles ver la pista. Arrancó un fémur de la pared.

—Un solo movimiento y destrozaré las calaveras. Nunca conseguiréis los números.

La amenaza no sonó muy convincente ni siquiera para ella, pero Ian palideció.

—A ver, Amy, no seas estúpida. Ya sabemos que te pones muy nerviosa, pero no te haremos daño.

—De ninguna manera —confirmó Natalie, apuntando con

la cerbatana a la cara de Amy—. Creo que el veneno número seis es el más adecuado. No es letal, pero dormiréis muy, muy, muy profundamente. Estoy segura de que alguien os encontrará aquí, algún día.

Una sombra apareció detrás de los Kabra. De repente, el tío Alistair entró corriendo en la habitación y chocó contra Natalie, que cayó al suelo. Su cerbatana salió despedida e Ian se abalanzó para cogerla.

—¡Corred! —dijo Alistair.

Amy no discutió. Ella, Nella y Dan echaron a correr hacia la otra salida, en la oscuridad, adentrándose en las catacumbas.

Corrieron tanto que a ellos les pareció que habían pasado horas. No tenían nada más que la pequeña linterna para guiarse. Corrieron por un pasillo que al final resultó estar bloqueado por un montón de escombros, así que deshicieron el camino andado y siguieron por otro túnel hasta donde pudieron llegar, pues éste estaba inundado con una especie de agua amarilla y turbia. En poco tiempo, Amy se desorientó y no tenía ni idea de qué dirección estaban siguiendo.

—Alistair dijo que aquí había policías —masculló ella—. Ojalá nos encontrara uno.

Pero no vieron ninguno. La luz de la pequeña linterna empezó a perder intensidad.

—No —dijo Amy—. ¡No, no, no!

Siguieron hacia adelante, quince metros, treinta metros y la luz se apagó por completo.

Amy encontró la mano de Dan y la apretó fuerte.

—Todo irá bien, chicos —dijo Nella, pero su voz temblaba—. No podemos quedarnos aquí perdidos para siempre.

Amy no veía por qué no. Las catacumbas se extendían a lo largo de varios kilómetros y algunas zonas no aparecían en los mapas. No había ninguna razón para que alguien fuera a buscarlos.

—Podríamos gritar pidiendo ayuda —propuso Dan.

—No servirá de nada —dijo Amy con pesimismo—. Lo siento, chicos, yo no quería que esto acabase así.

—¡Esto no se ha acabado! —exclamó Dan—. Podríamos seguir una de las paredes hasta que encontremos otra salida. Podríamos...

—Silencio —dijo Amy.

—Sólo digo que...

—¡En serio, Dan! ¡No hagas ruido! ¡Creo que he oído algo!

El túnel estaba en silencio, sólo se oía un goteo de agua distante. Entonces Amy lo escuchó de nuevo: un ruido sordo muy débil que venía de enfrente.

—¿Un tren? —preguntó Nella.

A Amy se le levantó el ánimo.

—Debemos de estar cerca de una estación de metro. ¡Vamos!

Echó a correr hacia adelante con los brazos estirados. Se estremeció cuando tocó una pared de huesos, pero siguió el pasillo cuando éste giró hacia la derecha. Gradualmente, aquel sonido sordo se fue haciendo más alto. Amy caminó hacia la izquierda, palpando las paredes, y sus manos tocaron un metal.

—¡Una puerta! —gritó la muchacha—. Dan, hay algún mecanismo de cierre aquí. Ven. Intenta averiguar cómo funciona.

—¿Dónde?

Ella lo buscó en la oscuridad y guió sus manos hacia la cerradura. En cuestión de segundos, la trampilla se abrió y la luz eléctrica les cegaba los ojos.

A Amy le llevó un rato comprender qué estaba viendo. La portezuela era más una ventana que una puerta: una abertura cuadrada a unos noventa centímetros del suelo lo suficientemente grande como para saltar fuera si trepaban hasta allí arriba. Las vías del tren estaban al nivel de sus ojos, los laterales de la vía eran metálicos y estaban intercalados con piezas de madera. Algo marrón y peludo estaba sentado encima de la gravilla. Amy saltó sorprendida:

—¡Una rata!

El roedor, poco impresionado, la miró y después se marchó corriendo.

—Eso es el hueco de las vías de un tren —dijo Dan—, podemos salir y...

La luz se volvió más luminosa y el túnel comenzó a retumbar. Amy se cayó hacia atrás y se tapó las orejas con las manos tratando de protegerse del sonido, que era como una manada de dinosaurios. Un tren pasó volando sobre sus ruedas metálicas, que se veían borrosas por la rapidez que llevaba, aspirando todo el aire del túnel y tirando de su ropa y pelo hacia la trampilla. De repente, tal como había llegado, se fue.

Cuando la muchacha estuvo segura de que le saldría la voz, dijo:

—¡No podemos salir ahí! ¡Nos aplastará!

—Mira —dijo Dan—, hay una escalera de servicio un par de metros más allá. Salimos a los raíles, corremos hacia la escalera y trepamos hasta el andén. ¡Es muy fácil!

—¡Eso no es fácil! ¿Y si viene otro tren?

—Podemos tomar nota de los horarios —sugirió Nella—, tengo un reloj en mi móvil.

La niñera sacó el teléfono de su bolsillo, pero antes de que apretase ningún botón otro tren pasó delante de ellos. La purpurina de los ojos de Nella le daba un aspecto fantasmagórico en la tenue luz.

—Han sido menos de cinco minutos, las vías deben de ser para trenes de alta velocidad. Tendremos que darnos prisa.

—¡Muy bien! —dijo Dan mientras trepaba a la trampilla.

—¡Dan! —gritó Amy.

Él, de cuclillas, se dio la vuelta.

—¡Venga, vamos!

Amy, confundida, dejó que Nella le diese un empujón y, con la ayuda de Dan, la joven salió del túnel.

—Ahora ayúdame con Nella —dijo Dan—, pero ten cuidado con el tercer raíl.

Amy se quedó de piedra. A menos de un metro de distancia estaba el raíl eléctrico, de color negro, que alimentaba los trenes. La muchacha conocía el funcionamiento de los trenes lo suficientemente bien como para entender que tocarlo sería peor que tocar mil baterías de Franklin. Amy ayudó a Nella a subir, sin embargo la trampilla era algo pequeña para ella y eso les hizo perder tiempo. Las vías siseaban y crujían bajo sus pies.

—¡Estoy bien! —dijo Nella, sacudiéndose la ropa—. Vamos hacia la escalera.

Dan empezó a seguirlas, pero al intentar levantarse se tambaleó, como si se hubiese enganchado en algo.

—¿Dan? —lo llamó Amy.

—Es mi mochila —explicó el muchacho—, está atrapada...

Tiró desesperadamente de ella. De alguna manera, una de las asas se había enganchado alrededor del raíl y éste se había movido, trabándola.

—¡Déjala! —chilló Amy.

Nella ya estaba en la escalera, instándolos para que se

apresurasen. Los pasajeros del andén también se dieron cuenta de su presencia y empezaron a dar la alarma y a gritar en francés.

Dan se sacó la mochila, pero aún seguía atrapada en el raíl. Tiró de ella e intentó abrirla, pero no estaba teniendo suerte.

—¡Ya viene! —chilló Nella.

Amy podía sentir las vías vibrando debajo de sus pies.

—¡Dan! —suplicó Amy—. ¡Déjala, no la necesitamos!

—Puedo sacarla, sólo un segundo más.

—¡No, Dan! ¡Es tan sólo una mochila!

—¡No consigo abrirla!

Al final del túnel se veía una luz. Nella estaba justo al lado de ellos en la plataforma, estirando la mano para ayudarlos a salir. Muchos de los pasajeros estaban haciendo lo mismo, suplicándoles que se agarrasen.

—¡Amy! —gritó Nella—. ¡Tú primero!

Ella no quería subir, pero tal vez si Dan la veía hacerlo, entraría en razón. La joven agarró la mano de Nella, que tiró con todas sus fuerzas para sacarla de allí. Inmediatamente, Amy se dio la vuelta y estiró el brazo para ayudar a su hermano.

—¡Dan, por favor! —lo llamó—. ¡Ahora!

La cabecera del tren iluminó el túnel y el viento lo recorrió de arriba abajo. El suelo temblaba.

Dan volvió a tirar de la mochila, pero no conseguía moverla. Miró hacia el tren y Amy pudo ver que estaba llorando, aunque ella no entendía por qué.

—¡Dan, DAME LA MANO!

Ella se inclinó todo lo que pudo hacia él. El tren se aproximaba a ellos a toda velocidad. Con un grito de angustia, Dan agarró la mano y ella tiró con más fuerza de la que creía tener, tanta, que él salió despedido, cayendo encima de ella. El tren pasó a toda velocidad. Cuando al fin se hizo el silencio, todos los pasajeros del andén empezaron a montar un número, regañándolos en francés mientras Nella explicaba lo que había sucedido y se disculpaba. A Amy no le importaba lo que dijeran. Abrazó a su hermano, que estaba llorando como no lo había hecho desde que era pequeño.

Ella miró en el hueco de las vías, pero la mochila había desaparecido, el tren se la había llevado por delante con toda su fuerza. Se quedaron sentados durante un buen rato; Dan temblaba y se secaba las lágrimas. En ese momento, los pasajeros ya habían perdido el interés en ellos, se iban marchando o subían en otros trenes y desaparecían. La policía no acudió. Al rato, tan sólo Nella, Amy y Dan seguían sentados en una esquina del andén como una familia sin techo.

—Dan —dijo Amy con dulzura—, ¿qué había en la mochila? ¿Qué guardabas en ella?

El muchacho gimoteó y después se limpió la nariz.

—Nada.

Era la peor mentira que Amy había oído en su vida. Normalmente, ella podía saber en qué pensaba su hermano sólo con mirarlo a la cara, pero ahora Dan le escondía sus pensamientos y ella sólo alcanzaba a ver que estaba muy triste.

—Olvídalo —dijo él—. No tenemos tiempo.

—¿Estás seguro...?

—¡He dicho que lo olvides! Tenemos que descubrir los números de la caja antes que los Kabra, ¿no?

Aunque a ella no le gustase reconocerlo, su hermano tenía razón. Además, algo le decía que si seguían allí mucho más tiempo, la policía acudiría y empezaría a hacer preguntas.

Echó un último vistazo al hueco de las vías donde Dan casi había perdido la vida y a la oscura trampilla que iba a dar a las catacumbas. Aún podía sentir el miedo en su cuerpo, pero ahora ya habían llegado demasiado lejos como para abandonar.

—Vámonos, entonces —dijo—. Tenemos que encontrar esa pista.

Fuera, había empezado a llover.

Para cuando encontraron una cafetería, Dan parecía haber vuelto a la normalidad, o al menos habían sellado un acuerdo silencioso de actuar como si todo estuviera bien. Los dos hermanos se sentaron bajo el toldo para secarse mientras Nella iba a pedir la comida. Amy creía que no sería capaz de probar bocado, pero en realidad tenía más hambre de lo que hubiera imaginado. Eran las cinco de la tarde, habían pasado mucho tiempo en las catacumbas.

La joven se estremeció al pensar en Ian, Natalie y la cerbatana envenenada. Esperaba que el tío Alistair estuviese bien. Aún no se fiaba de él, pero no se podía negar que los había ayudado en las catacumbas. Pensaba atemorizada que tal vez el anciano pudiese estar tirado, solo e inconsciente, en el suelo del laberinto.

Mientras comían bocadillos de queso *brie* y champiñones, Dan dibujó calaveras y números romanos en una servilleta.

—Doce, cinco, catorce —dijo él—. Ésos son los números que faltan.

Amy no se molestó en comprobar las cuentas, ya que su hermano nunca se equivocaba con los problemas numéricos.

—Tal vez sea una dirección y un distrito —dijo.

Nella limpió su teléfono móvil.

—¿No habrá cambiado la dirección en doscientos años?

Amy sintió un nudo en el estómago. Probablemente Nella estuviese en lo cierto. Tal vez el sistema de distritos de París no existiese en los tiempos de Franklin y, además, las direcciones de las calles seguramente habrían cambiado, en cuyo caso la pista de Franklin ya no les sería útil. ¿Los habría enviado Grace a una búsqueda que no podía terminarse?

«¿Y por qué no? —dijo una voz resentida en su interior—. A Grace no le importabais lo suficiente como para contaros lo de la competición. Si Dan hubiese muerto en el hueco de las vías, habría sido culpa de la abuela.»

«No», decidió ella. Eso no era verdad. Grace debía de tener sin duda una razón. Los números debían de referirse a otra cosa y a Amy sólo se le ocurría una manera de descubrirlo: hacer lo mismo que siempre hacía cuando se le presentaba un problema sin solución.

—Tenemos que encontrar una biblioteca.

Nella habló en francés con el camarero y él pareció entender lo que buscaban.

—*Pas de problème* —les dijo.

El camarero dibujó un mapa en una servilleta limpia y escribió el nombre de una estación de metro: *École Militaire*.

—Tenemos que darnos prisa —dijo Nella—, la biblioteca cierra a las seis.

Media hora más tarde, empapados y oliendo a catacumbas, llegaron a la Biblioteca Americana de París.

—Perfecto —dijo Amy.

El viejo edificio tenía barras de seguridad metálicas de color negro en la entrada, pero estaban abiertas. En el interior, Amy vio pilas de libros y un montón de asientos cómodos para leer.

—¿Por qué habrían de ayudarnos estas personas? —preguntó Dan—; es decir, no tenemos un carnet de la biblioteca ni nada.

Pero Amy estaba ya subiendo la escalera. Por primera vez en varios días, se sentía completamente segura de sí misma. Ése era su mundo y ella sabía qué hacer.

Los bibliotecarios vinieron a ayudarlos como soldados que acuden a una batalla. Amy les dijo que estaba investigando a Benjamin Franklin y en pocos minutos ella, Dan y Nella estaban sentados alrededor de una mesa en una de las salas de conferencias, examinando reproducciones de documentos de Franklin: algunos eran tan raros que, según los bibliotecarios, las únicas copias estaban en París.

—Sí, aquí tenemos una lista de la compra rara —masculló Dan—. ¡Caray!

Estuvo a punto de dejar el papel a un lado cuando Amy lo agarró de la muñeca.

—Dan, nunca se sabe qué es importante. En aquella época no había demasiadas tiendas. Si querías comprar algo, tenías que enviar una orden al mercante para que te trajese lo que pedías. ¿Qué compró Franklin?

Dan suspiró.

—«Por favor, envíeme lo siguiente: tres tratados sobre cómo hacer sidra de Cave; dos de Nelson en el gobierno de niños, 8 volúmenes de Dodsley; 1 medida de *Iron Solute*; Cartas de un oficial ruso...»

—Para —dijo Amy—. «*Iron Solute*», ¿dónde he oído eso antes?

—Estaba en la otra lista —dijo Dan sin ninguna duda—, en una de las cartas que vimos en Filadelfia.

Amy frunció el ceño.

—Pero *iron solute* no es un libro. En esta lista todo lo que pide son libros, menos eso.

—Pues tendremos que averiguar qué significa *iron solute* —dijo Dan.

—¡Oh, chicos! ¡Me sé la respuesta! —dijo Nella metiéndose en la conversación.

Juntó las manos y cerró los ojos como si estuviese tratando de recordar la respuesta de un examen.

—Creo que significa «soluto de hierro», y es un tipo de disolución química, ¿no? Se utiliza para trabajar el metal, para imprimir y para unas cuantas cosas más.

Amy la miraba fijamente.

—¿Cómo sabías eso?

—Mmm... El semestre pasado hice química. Lo recuerdo porque el profesor explicó cómo se fabrican los equipos de cocina de alta calidad. Franklin probablemente utilizaba soluto de hierro para la tinta cuando tenía la imprenta.

—Eso es genial —masculló Dan—, ¡excepto por el hecho de que resulta totalmente irrelevante! ¿Podemos volver ahora a las coordenadas de la caja mágica?

Amy tenía una extraña sensación, como si se le hubiese olvidado unir dos ideas, así que se puso a buscar entre los papeles hasta que finalmente desdobló un enorme documento amarillento que resultó ser un antiguo mapa de París. Los ojos se le pusieron como platos.

—Aquí está. —Amy, llena de orgullo, puso el dedo encima de un punto del mapa—. Una iglesia: St-Pierre de Montmartre. Ahí es adonde debemos ir.

—¿Cómo puedes estar tan segura? —preguntó Nella.

—Los números muestran unas coordenadas, ¿ves? —dijo la

joven señalando los márgenes—. Éste es un antiguo mapa de topógrafo elaborado por un par de científicos franceses: Compte de Buffon y Thomas-François D'Alibard. Recuerdo haber leído algo sobre ellos. Fueron los primeros en examinar los pararrayos de Franklin. Una vez ellos probaron que éstos funcionaban, el rey Louis XVI les ordenó que dibujasen un mapa para equipar a los edificios más importantes de París. Esta iglesia fue el número catorce y se encuentra en las coordenadas cinco y doce del mapa. Franklin probablemente estaría informado acerca de este proyecto, ya que se sentía muy orgulloso del modo en que los franceses apoyaban sus ideas. Tiene que ser ahí. Os apuesto una tableta de chocolate francés a que encontramos una entrada a las catacumbas en la iglesia.

Dan no parecía convencido del todo. Fuera, la lluvia seguía cayendo con fuerza. Un trueno hizo vibrar las ventanas de la biblioteca.

—¿Y si los Kabra llegan allí antes que nosotros?

—Tenemos que asegurarnos de que eso no suceda —respondió Amy—. ¡Vamos!

CAPÍTULO 17

Dan se sentía como cualquiera de las calaveras de las catacumbas: hueco por dentro.

Pero no quería que se le notara. Estaba muy avergonzado de haber llorado en el andén, pero notaba que le faltaba algo y no podía evitar echar la mano atrás en busca de la mochila. Sin embargo, ya no estaba allí. Se acordaba de la fotografía de sus padres perdida en los túneles del metro. Tal vez se hubiese rasgado en un montón de pedacitos, o tal vez sus padres estuviesen destinados a sonreír en la oscuridad para siempre, sin más compañía que la de las ratas. Dan tan sólo quería que estuviesen orgullosos de él y ahora ni siquiera sabía si sus padres podrían perdonarlo algún día.

La lluvia seguía cayendo. Los truenos resonaban en la atmósfera y cada pocos minutos el destello de un relámpago iluminaba el cielo de París.

Si Dan hubiese estado de humor, habría querido explorar Montmartre. Parecía un barrio genial. Estaba encima de una gran colina en lo alto de la cual se alzaba una iglesia blanca y abovedada que brillaba en la lluvia.

—¿Es ahí adonde vamos? —preguntó Dan.

Amy movió la cabeza negando.

—Ésa es la basílica del Sacré-Coeur. Debajo de ella hay una iglesia más pequeña, St-Pierre; se puede ver desde aquí.

—¿Dos iglesias, una al lado de la otra?

—Sí.

—¿Por qué no habrá escogido Franklin la más grande y pomposa?

Amy se encogió de hombros.

—No era su estilo. A él le gustaba la arquitectura simple. Le habrá parecido divertido escoger la sencilla y pequeña iglesia que se halla a la sombra de una grande y pomposa.

Para Dan, eso no tenía mucho sentido, pero estaba demasiado empapado y cansado como para discutir. Atravesaron las calles estrechas, pasando por delante de discotecas con música retumbante y letreros de neón que brillaban en la carretera mojada.

—Yo solía tener vida nocturna —dijo Nella suspirando.

Mientras subían a lo alto de la colina, Amy les contó lo que sabía sobre el barrio: allí habían vivido varios artistas, como Picasso, Vincent Van Gogh y Salvador Dalí.

Nella se ajustó el abrigo.

—Mi madre me contó otra historia: por qué se llama Montmartre, el monte del mártir. Me explicó que a san Dionisio le cortaron la cabeza en la cima, justo en el lugar al que nos dirigimos.

Aquello no parecía un buen presagio. Dan se preguntaba si guardarían aún la cabeza en la iglesia y si las cabezas de los santos realmente tendrían aureolas.

Unos minutos más tarde se encontraban en un cementerio lleno de barro, contemplando la oscura silueta de St-Pierre de Montmartre. La iglesia era probablemente más alta de lo que parecía, pero como la basílica blanca de la cima de la colina estaba justo detrás, St-Pierre parecía más pequeña. Estaba hecha de bloques de piedra gris. En el lado izquierdo del edificio se erigía el único campanario de la iglesia, con un pararrayos y un crucifijo en lo alto. A Dan le pareció que el edificio tenía un aspecto enfadado y resentido. Si las iglesias pudiesen fruncir el ceño, ésa lo haría.

—¿Cómo sabremos dónde mirar? —preguntó el muchacho.

—¿Dentro del santuario? —preguntó Nella esperanzada—. Al menos estaremos resguardados de la lluvia.

¡BUM!

Un rayo cruzó el tejado y el relámpago iluminó el área. En ese segundo, Dan vio algo.

—Ahí —dijo—, esa tumba.

—Dan —se quejó Amy—, ¡no es momento de pensar en tu colección!

Pero él corrió hacia un indicador de mármol. De no haber sido aficionado a observar tumbas, nunca se habría dado cuenta. No había fechas ni nombres. Al principio, Dan pensó que la figura grabada era un ángel, pero no lo parecía. La piedra era muy antigua y estaba erosionada, pero aún se distinguía...

—Serpientes entrelazadas —susurró Amy—, el escudo de los Lucian, y ahí...

Se arrodilló y señaló una flecha grabada en la base del indicador: una flecha que apuntaba hacia la tierra.

Amy y Dan se miraron mutuamente y asintieron.

—Es una broma, ¿verdad? —dijo Nella—. No pensaréis...

—Excavar una tumba —dijo Dan.

Encontraron un cobertizo con herramientas al lado de la iglesia donde se hicieron con una pala, un par de palitas de jardinería y una linterna que funcionaba. Pronto estuvieron de vuelta en el cementerio, cavando en el barro. La lluvia complicaba la tarea y en pocos minutos estaban completamente embadurnados de lama. A Dan le trajo recuerdos de cuando él y Amy eran pequeños y hacían batallas de barro; su niñera entonces protestaba horrorizada y los obligaba a pasar el resto de la tarde en un baño de burbujas, lavándose. Aunque esta vez no creía que Nella fuese a prepararles un baño.

Poco a poco, el agujero se hizo más profundo. Se llenaba de agua todo el tiempo, pero finalmente la pala de Dan tocó una piedra. Retiró el barro y encontró una losa de mármol de unos ochenta centímetros de ancho por un metro de largo.

—Demasiado pequeño para un ataúd —dijo Amy.

—A menos que sea de un niño —dijo Dan—; cabría aquí.

—¡No digas eso!

Dan se limpió el barro de la cara, manchándola aún más.

—Sólo hay una forma de averiguarlo. —El muchacho metió la pala por debajo de la losa en busca de una grieta y empezó a hacer palanca—. Necesito ayuda.

Amy se unió a él. Nella introdujo la pala en la grieta y entre los tres levantaron la losa. Debajo de ella había un agujero cuadrado, pero no era una tumba. Una escalera se dirigía hacia abajo, al interior de las catacumbas.

Cuando llegaron al final de la escalera, Dan iluminó la habitación con la linterna. Se trataba de una cámara cuadrada excavada en piedra caliza, con un túnel que salía hacia la izquierda y hacia la derecha. No había pilas de huesos, pero las paredes estaban decoradas con murales descoloridos. En el centro había un pedestal de piedra con grabados ornamentales de un metro de altura más o menos. En lo alto había un jarrón de porcelana.

—¡No lo toques! —dijo Amy—, tal vez sea una trampa.

Dan se acercó a la vasija.

—Mirad, está decorado con pequeños Franklins.

Podía distinguir a Benjamin Franklin sujetando una cometa en medio de una tormenta, Ben con una gorra de piel, Ben agitando un bastón sobre el océano como si estuviese haciendo un truco de magia...

—Es una vasija de recuerdo —dijo Amy—, como las que hicieron en el siglo XVIII para celebrar la llegada de Franklin a París.

—Te apuesto veinte dólares a que hay algo escrito dentro —la desafió Dan.

—Yo no apuesto —respondió Amy.

—Chicos —los interrumpió Nella—, mirad esto.

La joven estaba frente a la pared de atrás. Dan se acercó a ella e iluminó el mural. La imagen estaba descolorida, pero Dan pudo distinguir cuatro figuras: dos hombres y dos mujeres, vestidos con ropa antigua, incluso anterior a la época de Franklin, como de la Edad Media, el Renacimiento o algo así.

El tamaño de las figuras era mayor que el tamaño real. En uno de los extremos había un hombre delgado de pelo oscuro y aspecto cruel. Sostenía una daga que estaba casi oculta en el interior de su manga. Unas letras desvaídas bajo sus pies decían «L. Cahill». A su lado había una joven de ojos inteligentes de pelo rubio y corto. Ella sujetaba un antiguo mecanismo con engranajes de bronce, como un sistema de navegación o un reloj. La inscripción bajo el dobladillo de su vestido marrón decía «K. Cahill». A su derecha había un hombre enorme de cuello ancho y cejas tupidas con una espada a su lado. Tenía la mandíbula y los puños apretados, como si se estuviese preparando para dar un cabezazo a una pared de ladrillos. La inscripción decía «T. Cahill». Finalmente, en el extremo de la derecha, había una mujer con un vestido dorado. Su pelo de color rojizo estaba recogido en una trenza sobre uno de sus hombros. Sostenía una arpa, como una de esas arpas irlandesas que Dan había visto en el desfile del día de San Patricio en casa, en Boston. Su inscripción decía «J. Cahill».

Dan tuvo el extraño presentimiento de que las figuras lo miraban. Parecían enfadadas, como si acabasen de interrumpirlos en medio de una pelea... pero eso era estúpido. ¿Cómo podía pensar esas cosas al contemplar un mural?

—¿Quiénes son? —preguntó Nella.

Amy tocó la figura de L. Cahill, el hombre del cuchillo.

—¿L de Lucian?

—Sí —confirmó Dan.

No estaba seguro de por qué, pero desde el primer momento supo que Amy estaba en lo cierto. Era como si pudiera leer las expresiones de las figuras pintadas, tal como lo hacía a veces con Amy.

—Rama Lucian, este tipo fue el primero. Y K. Cahill —Amy movió la cabeza hacia la muchacha del aparato mecánico—, tal vez la K venga de Katrina o Katherine, como la rama Ekaterina.

—Es posible. —Dan miró hacia el hombre de la espada—. Entonces, ¿la T es de Tomas? Eh, se parece a los Holt.

La imagen de T. Cahill parecía mirarlo fijamente. El muchacho se lo podía imaginar perfectamente con un chándal violeta. Después, Dan dirigió su atención a la última imagen: la joven del arpa.

—Y la J es de Janus. ¿Crees que se llamaba Jane?

Amy asintió.

—La primera de los Janus. Mira, tiene los ojos de...

—Jonah Wizard —dijo Dan. El parecido era espeluznante.

—Estos cuatro... —empezó Amy—; cualquiera diría que parecen...

—Hermanos —concluyó Dan.

No sólo por sus similitudes en los rasgos, sino también por sus posturas y expresiones. Dan se había peleado con Amy las suficientes veces como para reconocer el aspecto: aquellos tipos eran hermanos que habían pasado años molestándose mutuamente. La forma en que estaban colocados: dando a entender que se conocían íntimamente pero también que estaban haciendo un gran esfuerzo por no estrangularse los unos a los otros.

—Algo debió de pasar entre ellos —dijo Amy—. Algo...

Sus ojos se abrieron como platos. Se acercó hasta el centro del mural y apartó algunas telarañas que había entre K. y T. Cahill. Allí, muy pequeñas pero claras en el horizonte pintado, había una casa en llamas y una figura negra que escapaba de ella, una persona envuelta en una capa negra.

—Un incendio —dijo Amy sujetando con fuerza su collar de jade—, como el de la mansión de Grace. Como lo que les pasó a nuestros padres. No hemos cambiado nada en todos estos siglos. Aún estamos tratando de destruirnos entre nosotros.

Dan pasó los dedos por encima del mural. No tenía sentido que pudiesen saber quiénes eran esas personas, pero estaba seguro de que Amy tenía razón. De alguna forma, tenía la certeza. Estaba viendo a cuatro hermanos: los iniciadores de las ramas Cahill. Estudió sus caras de la misma manera que solía hacerlo con la fotografía de sus padres, preguntándose a quién se parecería más.

—Pero ¿qué pasó? —preguntó Nella—, ¿qué había en esa casa?

Dan se volvió hacia el pedestal de piedra.

—No lo sé, pero creo que va siendo hora de que abramos esta vasija.

Dan se ofreció como voluntario. Amy y Nella se mantuvieron alejadas mientras él, lentamente, levantaba la vasija del pedestal. No voló ninguna flecha envenenada, no cayeron pinchos del techo, y tampoco se abrió ningún pozo de serpientes, lo que a Dan le pareció bastante decepcionante.

Estaba a punto de levantar la tapa cuando Amy dijo:

—¡Espera!

La joven señaló la base del pedestal. Dan se había dado cuenta de que estaba tallada, pero no se había fijado en los grabados.

—Son... ¿partituras? —preguntó.

Amy asintió.

Las notas, líneas y *stanzas* estaban labradas en la piedra; se trataba de una canción complicada. Al muchacho le trajo malos recuerdos de su profesora de piano, la señorita Harsh, que había renunciado a darle clases el año anterior después de que el chico pusiese pegamento en las teclas de su instrumento.

—¿Qué significa? —preguntó él.

—No lo sé —respondió Amy—, a Franklin le gustaba la música...

—Lo más probable es que sólo sea parte de la decoración —dijo Dan impaciente.

Algo en el interior de esa vasija pedía a gritos que lo sacasen de ahí y Dan no podía resistirse, tenía que abrirla. Así que el muchacho puso la mano en la tapa.

—¡Dan, no!

Pero el joven la abrió. Y no pasó nada. Metió la mano y sacó un vaso de cristal cilíndrico que tenía un corcho y que estaba envuelto en papel.

—¿Qué es eso? —preguntó Amy.

—Líquido —dijo Dan—, un frasco de algo.

Él desató el papel y lo tiró.

—¡Eh! —dijo Amy—, ¡podría ser importante!

—Es sólo un envoltorio.

Ella lo cogió, lo desdobló, lo examinó y metió el papel en el bolsillo de su camiseta. A Dan no le importaba el papel. Estaba más interesado en descifrar las palabras grabadas en el frasco de cristal. En su interior había un líquido verde y denso, como el líquido con el que solía jugar y tirar a sus amigos. La inscripción decía:

—¿Qué es eso? —preguntó Nella.

—¿Alemán? —sugirió Amy.

—Mmm... Eso no se parece a ninguna lengua que yo haya escuchado —respondió Nella.

De repente, Dan empezó a sentir un hormigueo por todo el cuerpo. Las letras comenzaron a redistribuirse en su mente.

—Es uno de esos puzles de palabras —informó él—, en los que hay palabras codificadas.

—¿Un anagrama? —preguntó Amy—. ¿Cómo lo sabes?

Dan no podía explicarlo, simplemente había cobrado sentido para él, igual que los números, o los cierres o las estadísticas de los cromos de béisbol.

—Dame un bolígrafo y un trozo de papel.

Amy buscó en su bolso y el único papel que pudo encontrar fue una cartulina de color crema, la pista original sobre el pobre Richard, pero a Dan no le importó. Le entregó el frasco a su hermana y cogió el papel, le dio la vuelta y escribió en la parte de atrás, descifrando el anagrama palabra por palabra:

Como vos cargáis esto,
yo os cargo a vos.
Usad vuestra habilidad
para averiguar la verdad.

Nella silbó.

—Estoy impresionada.

—Es la segunda pista —dijo Dan—, la segunda pista de verdad. Tiene que serlo.

Amy frunció el ceño en señal de duda.

—Tal vez. Pero ¿qué quiere decir «como vos cargáis esto»?

De repente, la luz inundó la habitación.

—¡Buen trabajo, primo!

En lo alto de la escalera, completamente empapado pero

bastante satisfecho consigo mismo, se encontraba Jonah Wizard. Su padre estaba detrás de él con una cámara de vídeo.

—Tíos, esto será una bomba televisiva. —Jonah sonrió perversamente—. ¡Ésta es la parte en la que yo aparezco inesperadamente, acabo con mis enemigos de poca monta y me hago con la pista!

CAPÍTULO 18

Un torrente de energía desesperada llenó el cuerpo de Amy, igual que le había sucedido cuando había sacado a Dan del hueco del tren. Ella no había llegado tan lejos para negociar con un idiota engreído como Jonah Wizard. Se imaginó la voz de Grace diciéndole llena de confianza: «Harás que me sienta orgullosa, Amy».

La joven alzó la mano.

—Aléjate, Jonah, o... ¡o lo tiro contra el suelo!

Él se rió.

—No serías capaz. —Pero sin embargo parecía nervioso.

—¡Una secuencia increíble! —dijo el padre de Jonah—. Sigue así, hijo. ¡Buen trabajo!

—¡Y apaga esa cámara! —gritó Amy.

Dan y Nella la miraban asombrados, pero a ella no le importaba. Como tampoco le importaba lo valioso que pudiese ser el frasco. La familia Cahill ya la había traicionado demasiadas veces. Estaba tan enfadada que realmente quería lanzar el cilindro de cristal contra el suelo.

Por lo visto, Jonah se dio cuenta.

—Está bien, prima. Tranquilízate. Aquí todos somos amigos, ¿de acuerdo?

—¡La cámara! —Amy dio un paso adelante amenazándolo. Jonah se estremeció.

—Papá, apaga la cámara.

—Pero hijo...

—¡Hazlo!

El padre de Jonah, de muy mala gana, dejó de filmar.

—Muy bien, Amy —Jonah mostró su deslumbrante sonrisa—, ya nos vamos entendiendo, ¿verdad? Sabes que ésa es la segunda pista. Si la destruyes, la competición habrá finalizado y nadie conseguirá nada. ¿Es eso lo que quieres?

—Échate atrás —le ordenó ella—, en la esquina, al lado de Jane.

Jonah arrugó la frente.

—¿Quién?

—En el mural. Ponte al lado de la mujer de amarillo: tu tatara-tatara-tatara-tatarabuela.

Jonah no tenía ni idea de a quién se refería, pero se puso donde ella le había dicho y su padre lo siguió.

Dan silbó.

—Buen trabajo, hermana.

—Sube la escalera —le respondió ella—. Y tú también, Nella. ¡Daos prisa!

En cuanto llegaron arriba, Amy subió, pero sabía que Jonah y su padre no esperarían demasiado antes de salir tras ellos.

—¡Increíble! —Dan saltaba arriba y abajo completamente emocionado—. ¿Podemos encerrarlos ahí abajo?

—Escucha, Dan —dijo ella—, por lo que decía la inscripción «como vos cargáis esto», creo que el líquido de este frasco es inerte.

—¿Qué es «nerte»?

—¡Inerte! Algo así como inactivo. Necesita energía que lo catalice. Franklin sabía de química. Cuando habla de «cargar»...

Dan sonrió.

—¡Pues claro!

—Es peligroso.

—No tenemos elección.

—¿De qué estáis...? —Nella miró hacia la calle—. Oh, vaya. ¡Mirad!

Una furgoneta de helados violeta se dirigía hacia ellos. El conductor, Eisenhower Holt, dio un volantazo y el vehículo se detuvo delante del portal.

—¡Entrad en la iglesia! —dijo Amy—. ¡Rápido!

Echaron a correr hasta llegar al santuario y cuando abrieron la puerta lo primero que encontraron fue un traje de color cereza.

—Hola, queridos niños.

El tío Alistair les mostró una sonrisa. Con sus ojos morados parecía un oso panda. A su lado estaba Irina Spasky.

A Amy se le subió el corazón a la garganta.

—¿Tú... tú y ella?

—Bueno —dijo el anciano—, yo os salvé la vida en las catacumbas. Os dije que las alianzas eran importantes. Sólo hago amigos donde puedo. Os sugiero que entreguéis el frasco; odiaría que Irina tuviese que utilizar sus persuasivas técnicas.

Irina dobló los dedos de una mano y debajo de cada una de las uñas asomó una diminuta aguja.

Amy se volvió para salir corriendo, pero puso una cara de sorpresa. Algo se dirigía hacia ella a toda velocidad: un cubo grande y blanco.

—¡Agachaos! —gritó.

Nella, Dan y ella estaban ya en el suelo cuando el cajón de helados pasó por encima de sus cabezas. Debía de estar congelado, porque chocó contra Alistair e Irina como si fuese un bloque de cemento y los dejó inconscientes.

—¡Venganza! —gritó Eisenhower Holt, sacando más munición congelada del maletero de su furgoneta.

Arnold, el pit bull, ladró entusiasmado. La familia Holt al completo subía hacia la iglesia, cada uno con un cajón de *crème glacée*.

—Amy... —dijo Dan nervioso—, ¿estás...?

No terminó de hablar, pero ella ya sabía qué le estaba preguntando. La última vez que se encontró con los Holt, le había entrado el pánico. Esta vez no podía permitírselo. Ese mural de los Cahill que había visto en el cuarto secreto había potenciado su fuerza de voluntad.

—Nella, sal de aquí —le ordenó—. No han venido a por ti. Ve a llamar a la policía.

—Pero...

—Es lo mejor que puedes hacer para ayudarnos. ¡Vete!

Amy no esperó a que respondiera. Ella y Dan salieron disparados al interior de la iglesia y, saltando por encima de Alistair e Irina, corrieron hacia el fondo del santuario.

Amy no tuvo tiempo de admirar la iglesia, pero sintió que acababa de zambullirse en la Edad Media. Las columnas de piedra gris se alzaban hasta el techo abovedado. Filas interminables de bancos de madera miraban hacia el altar, y las vidrieras de colores destellaban en la tenue luz de las velas. Sus pasos producían un eco en el suelo de piedra.

—¡Ahí! —gritó Dan.

A su izquierda había una puerta abierta tras la que una escalera empinada se dirigía hacia arriba. Amy echó el pestillo detrás de sí, aunque sabía que eso no los detendría durante mucho tiempo.

Subieron la escalera y Dan empezó a respirar con dificultad. Amy puso el brazo alrededor de los hombros de su hermano y lo ayudó a caminar.

Y subieron más y más alto. Ella no se había dado cuenta de que la torre del campanario era tan alta. Finalmente, encontró una trampilla y la abrió de un golpe. La lluvia la golpeó en la cara. Treparon al campanario, que estaba abierto a la tormenta por todos los lados y, en él, hacia un lado, había una campana de bronce del tamaño de un armario. Parecía que hacía años que nadie la tocaba.

—¡Ayúdame! —gritó ella, que apenas podía mover la campana. Juntos se las arreglaron para arrastrarla y situarla encima de la trampilla.

—Eso... debería... distraerlos —dijo Dan con dificultad—... un... ratito.

Amy se despegó de la torre para adentrarse en la oscuridad, bajo la lluvia. El cementerio estaba imposiblemente lejos. Los coches de la calle parecían de juguete, como aquellos con los que solía jugar Dan de pequeño. Amy caminó a tientas a lo largo de la pared de piedra en el exterior de la ventana y se agarró con fuerza a una fría barra metálica. En el lateral de la torre había un conjunto de travesaños diminutos que subían al campanario, unos dos metros más arriba. Si se cayese...

—Quédate aquí —le ordenó a Dan.

—¡No! Amy, tú no puedes...

—Tengo que hacerlo. Toma, coge esto —le dijo mientras le daba el papel que envolvía el frasco—. Mantenlo seco y escondido.

Dan lo guardó en el bolsillo de su pantalón.

—Amy...

Parecía aterrorizado. Amy se dio cuenta más que nunca de lo solos que estaban en el mundo. Sólo se tenían el uno al otro.

Ella le apretó el hombro y le dijo:

—Voy a volver, Dan. No te preocupes.

¡BUM!

La campana resonó cuando alguien muy fuerte golpeó la trampilla desde abajo.

Amy guardó el frasco en su bolsillo y sacó una pierna por la ventana, en la oscuridad total.

Apenas podía colgarse, la lluvia le caía en los ojos y ella no se atrevía a mirar abajo. Se concentró en el siguiente peldaño de la escalera y, poco a poco, consiguió llegar al sesgado techo de tejas.

Finalmente, logró ascender hasta la parte más alta. Un viejo pararrayos de hierro apuntaba hacia el cielo. En su misma base había un pequeño anillo metálico como un diminuto aro de baloncesto, y justo debajo de éste había una toma de tierra, tal como Franklin había recomendado en sus experimentos iniciales. Amy ató el cable alrededor de su muñeca y después sacó el frasco, que era tan resbaladizo que casi se le cayó. Con mucho cuidado, lo colocó en el anillo de hierro, en el que encajaba perfectamente. Después volvió a bajar del tejado. «Por favor», pensó mientras se agarraba con firmeza a los peldaños.

No tuvo que esperar mucho tiempo. El vello de la nuca se le erizó y la muchacha percibió un olor parecido al del papel de aluminio quemándose y después: ¡CRAC!

El cielo explotó y empezaron a caer chispas a su alrededor, haciendo que las tejas mojadas silbasen. Mareada, perdió el equilibrio y resbaló por la pendiente. Se agarró frenéticamente a un peldaño con tanta fuerza que se lastimó una muñeca, pero pudo sujetarse y empezó a trepar de nuevo hacia arriba.

El frasco metálico brillaba. El líquido verde que contenía ya no era turbio y denso, sino más bien una luz verde y pura, atrapada en el cristal. Con cuidado, Amy lo tocó, pero no sintió nada, ni siquiera estaba caliente. Volvió a recoger el frasco y lo guardó en su bolsillo.

«Como vos cargáis esto, yo os cargo a vos.»

La parte más complicada aún no había llegado. Tenía que conseguir salir sana y salva de allí y tratar de averiguar para qué servía lo que acababa de crear.

—¡Dan! ¡Lo he conseguido! —dijo cuando llegó de nuevo a la torre.

Pero su sonrisa no duró mucho. Dan estaba tumbado en el suelo, atado y amordazado. De pie, encima de él, estaba Ian Kabra con sus pantalones negros de combate.

—Hola, prima. —Ian le mostró una jeringa de plástico—. Vamos a hacer un intercambio.

—¡Mmm! —Dan forcejeó tratando de decir algo—, ¡mmm!

—¡Deja... déjalo en paz! —tartamudeó Amy. Estaba segura de que se había puesto muy colorada. Se odió al darse cuenta de que estaba tartamudeando de nuevo. ¿Por qué tenía Ian Kabra ese efecto sobre ella?

La campana de bronce volvió a sonar, los Holt aún estaban arremetiendo contra la trampilla, tratando de abrirla.

—Sólo tendrás unos segundos antes de que suban —le advirtió Ian—; además, tu hermano necesita este antídoto. Dame el frasco de Franklin. Es un intercambio justo.

—¡Mmm! —Dan movió la cabeza frenéticamente, pero Amy no podía arriesgarse a perderlo. Nada valía tanto, ni siquiera una pista o un tesoro. Nada.

Le entregó el frasco verde luminoso. Ian lo cogió y ella le arrebató el antídoto de las manos. Se arrodilló junto a Dan y empezó a desatar la mordaza que tenía en la boca. Ian se rió entre dientes.

—Me gusta hacer negocios con vosotros, prima.

—Nunca... nunca conseguirás salir de la torre. Estás atrapado aquí arriba igual que...

Entonces pensó en algo. ¿Cómo se las había arreglado Ian para llegar hasta allí arriba? Se dio cuenta de que llevaba correas alrededor del pecho, una especie de arnés. A su lado había un atado de palos metálicos y seda negra.

—Ésta es otra de las cosas que Franklin adoraba. —Ian levantó su atado y empezó a desabrochar la seda negra del marco metálico—. Las cometas. Sobrevoló el río Charles con una de ellas, ¿lo sabías?

—No habrás...

—Exactamente. Eso es lo que he hecho. —Señaló la cúpula brillante de la iglesia que presidía lo alto de la colina—: He planeado hasta aquí desde el Sacré-Coeur y ahora voy marcharme planeando de nuevo.

—Eres un ladrón —dijo Amy.

Ian enganchó el arnés a la enorme cometa.

—No soy un ladrón, Amy. Soy un Lucian, igual que Benjamin Franklin. Haya lo que haya en este frasco, pertenece a los Lucian. ¡Creo que el viejo Ben apreciaría la ironía de todo esto!

Así, Ian saltó del campanario. El viento le favorecía. La cometa debía de estar especialmente diseñada para soportar el peso de una persona, porque Ian planeó suavemente sobre el cementerio y la valla y aterrizó justo en el camino de salida.

En algún lugar, en medio de la tormenta, resonaban las sirenas de la policía. Se volvió a oír la campana; la familia Holt seguía embistiendo contra la trampilla.

—¡Mmm!

—¡Dan! —Amy se había olvidado completamente de él. La muchacha le sacó la mordaza.

—¡Ay! —se quejó él.

—Estate quieto. Tengo el antídoto.

—¡Era un farol! —protestó Dan—. Intenté decírtelo. ¡No me dio nada! No estoy envenenado.

—¿Estás seguro?

—Al cien por cien. Eso que te ha dado no sirve para nada. O tal vez sea veneno.

Enfadada consigo misma por ser tan estúpida, Amy tiró la jeringa al suelo, desató a Dan y lo ayudó a levantarse.

La campana de bronce se tambaleó una vez más y se movió del lugar en el que estaba. La trampilla se abrió de repente y Eisenhower Holt subió al campanario.

—Llegas tarde —le informó Dan—, se lo ha llevado Ian.

Señaló a la calle. Un taxi en el que iba Natalie Kabra se paró delante de la iglesia, Ian se subió a él y después se alejó por las calles de Montmartre.

El señor Holt gruñó.

—¡Vosotros dos pagaréis por esto! ¡Vosotros...!

Las sirenas se oían cada vez más alto. El primer coche de policía apareció de detrás de una esquina, con sus luces destellando.

—¡Papá! —se oyó la voz de Reagan desde abajo, en la escalera—, ¿qué está pasando?

Un segundo coche de policía apareció a toda velocidad, dirigiéndose hacia la iglesia.

—Nos vamos —decidió Eisenhower—. Pelotón, ¡media vuelta!

Miró por última vez a Dan y a Amy.

—La próxima vez...

Dejó la amenaza en el aire y se marchó; Amy y Dan se quedaron solos en la torre.

Amy miró hacia la lluvia y vio al tío Alistair cojeando calle abajo con un helado pegado en la parte de atrás de su traje de color cereza. Irina Spasky se tambaleaba delante de la iglesia y cuando vio a la policía, echó a correr.

—*Arrêtez!* —gritó un policía y dos de los hombres empezaron a seguirla. Nella estaba en la entrada del edificio con unos cuantos oficiales más. Gritaba frenéticamente en francés y señalaba la iglesia.

A pesar del caos, Amy se sentía extrañamente calmada. Su hermano estaba vivo. Habían sobrevivido a aquella noche. Había hecho exactamente lo que tenía que hacer. Su cara mostraba una sonrisa.

—¿Por qué estás tan contenta? —protestó Dan—. Acabamos de perder la segunda pista de verdad. ¡Hemos fracasado!

—No —dijo Amy—. No hemos fracasado.

Dan la miró fijamente.

—¿Ese rayo te ha chamuscado el cerebro o algo?

—Dan, el frasco no era la pista —respondió ella—, era tan sólo... bueno, no estoy segura de qué era exactamente. Un regalo de Benjamin Franklin. Algo para ayudar en la búsqueda. La verdadera pista es el papel que te has guardado en el bolsillo.

CAPÍTULO 19

A Dan le entusiasmó la idea de que la segunda pista hubiese salido de la iglesia a salvo en sus pantalones.

—Entonces, en realidad, nos hemos salvado gracias a mí —decidió él.

—De eso nada —replicó Amy—, fui yo la que se subió al tejado en medio de una tormenta.

—Sí, pero la pista estaba en mis pantalones.

Amy puso los ojos en blanco.

—Tienes razón, Dan. Tú eres el verdadero héroe.

Nella forzó una sonrisa.

—Si queréis saber mi opinión, los dos lo habéis hecho muy bien.

Estaban sentados los tres juntos en una cafetería en los Campos Elíseos, observando a los peatones y disfrutando de más *pains au chocolat*. Era la mañana después de la tormenta y el cielo estaba azul. Ya habían hecho las maletas y habían abandonado la Maison des Gardons. A pesar de todo lo que había sucedido, Dan se sentía afortunado.

Aún tenía algunas dudas sobre todo lo que les había sucedido. En particular, no le gustaba nada el hecho de que Ian y Natalie se hubieran salido con la suya. Odiaba que lo hubieran atado y deseaba vengarse de Ian, pero podría haber sido peor. Al menos no se habían perdido para siempre en las catacumbas ni les habían dado con una caja de helados en toda la cara.

—Aún siento curiosidad por el contenido del frasco, de todas formas —dijo él.

Amy jugueteaba con su pelo, pensativa.

—Sea lo que sea, se supone que le dará una ventaja al equipo que lo posea a la hora de averiguar la verdad... es decir, con el tesoro final de la competición. Dado que Natalie e Ian tienen el frasco... bueno, tengo el presentimiento de que no tardaremos mucho en averiguar para qué sirve.

—Si esos Lucian lo inventaron —añadió Nella, masticando su *croissant*—, tal vez sea algún veneno especial. Parece que adoran los venenos.

—Es posible —dijo Dan, aunque la respuesta no lo convencía.

Seguía sin gustarle la idea de que Benjamin Franklin estuviese emparentado con Ian y Natalie. Había empezado a sentir cierta admiración por Franklin, por lo de los informes de pedos y lo del rayo y todo eso. Pero ahora no estaba seguro de si el viejo Ben era de los buenos o de los malos.

—Pero ¿qué tiene que ver el veneno con la música?

Amy sacó el pergamino de su mochila y lo extendió sobre la mesa. Dan ya lo había estudiado una docena de veces y sabía que era una copia exacta de la canción que habían visto grabada en el pedestal de piedra de la habitación secreta, pero no entendía por qué era importante. Su hermana ya había estado investigando en el ordenador antes de que él se despertase. Por alguna extraña razón, no le gustaba Internet, decía que los libros eran mejores, así que Dan sabía que ella debía de estar realmente desesperada por encontrar información.

—Lo encontré en la red —dijo Amy.

—¿Cómo? —preguntó Dan.

—Busqué con las palabras «Benjamin Franklin» y «música» y fue lo primero que apareció. Se trata de un adagio para armónica.

—El instrumento de Benjamin Franklin —recordó Dan—, aquella cosa con los platillos de cristal y el agua.

—Sí, pero tengo el presentimiento de que esto es algo más que una simple banda sonora.

Amy se incorporó en la silla. Los ojos le brillaban, como si guardase un secreto.

—Hemos encontrado la canción y la hemos descargado. Escucha.

Nella le entregó su iPod.

—No es mi tipo de música, pero bueno.

Dan la escuchó. Tuvo la sensación de estar empezando a levitar. La música le pareció tan familiar y bonita que sintió deseos de flotar sobrevolando París, pero también lo confundió. Normalmente no tenía problemas para recordar las cosas, pero en esos momentos no recordaba dónde había escuchado esta canción anteriormente.

—Conozco esta canción...

—Papá solía ponerla —dijo Amy—, en su estudio, mientras trabajaba. La ponía todo el tiempo.

Dan quería recordar lo que Amy estaba contando. Quería escuchar la canción una y otra vez hasta poder ver a su padre en el estudio. Pero Nella le quitó el iPod.

—Lo siento, enano, aún tienes... barro en las orejas.

—Las notas son un código —explicó Amy—, toda la canción codifica algún tipo de mensaje.

—Y nuestros padres lo sabían —respondió Dan sorprendido—. Pero ¿qué quiere decir?

—No lo sé —admitió Amy—, pero Dan, ¿recuerdas que el señor McIntyre dijo que las treinta y nueve pistas son piezas de un puzle?

—Sí.

—Anoche, cuando descubriste el mensaje del frasco, empecé a preguntarme... ¿por qué la primera pista no lo era?

Amy volvió a sacar el papel de color crema por el que habían pagado dos millones de dólares. Los garabatos de las notas de Dan estaban en la parte de atrás. Delante estaba la primera pista:

RESOLUTION:

Para la letra pequeña adivinar,

a Richard S. _____ tienes que buscar.

Nella frunció el ceño.

—Eso os condujo hasta Franklin, ¿no? ¿No era ésa la respuesta?

—Es sólo una parte —respondió Amy—. Además, debería ser también la primera pieza del puzle. Es una pista de algo. Se me ocurrió anoche cuando hablaste de los anagramas, Dan.

Él negó con la cabeza.

—No lo entiendo.

Su hermana sacó un bolígrafo y escribió la palabra «RESOLUTION».

—Me preguntaste por qué esta palabra formaba parte de la pista y yo no lo he entendido hasta ahora. Se supone que tenemos que adivinar la letra pequeña. —Le pasó el papel y el bolígrafo a Dan—. Resuelve el anagrama.

Él miró fijamente las letras. De repente, sintió que lo habían conectado a una de las baterías de Franklin. Las letras se reorganizaron en su mente.

Cogió el bolígrafo y escribió: *IRON SOLUTE*.

—No me lo puedo creer —dijo Nella—. O sea que al final, ¿todo está relacionado con el *iron solute*?

—Es la primera pieza del puzle —respondió Amy—. Se trata de un ingrediente, un componente o algo así.

—¿De qué? —preguntó Dan.

Amy apretó los labios.

—El soluto de hierro puede ser utilizado en química, para trabajar el metal o incluso en las imprentas. No hay manera de saberlo, todavía. Siempre que Franklin hablaba de *iron solute*, simplemente escribía «1 medida».

—¡Tenemos que averiguarlo!

—Lo haremos —prometió Amy—. En cuanto a la partitura...

Extendió sus manos sobre el papel.

—También es un ingrediente —adivinó Nella.

—Eso creo —respondió Amy—, así es como se pueden distinguir las pistas principales, porque incluyen un ingrediente. Sólo que de momento aún no sabemos cómo descifrar ésta.

—Pero ¿cómo vamos a averiguarlo? —protestó Dan.

—De la misma manera que lo hicimos con Franklin. Tenemos que averiguar cosas sobre la persona que la escribió. Fue compuesta por...

Amy se detuvo repentinamente.

Una figura familiar bajaba por la calle: un hombre delgado y medio calvo que vestía un traje gris y llevaba una maleta.

—¡Señor McIntyre! —gritó Dan.

—Oh, están aquí, niños —sonrió el viejo abogado—. ¿Puedo sentarme?

Amy dobló rápidamente las dos pistas y las guardó. El señor McIntyre se sentó con ellos y pidió un café. Insistió en invitarlos al desayuno, lo que a Dan le pareció de fábula. El señor McIntyre parecía nervioso, tenía los ojos inyectados en sangre y, además, de vez en cuando miraba a los Champs Élysées como si tuviese miedo de que lo estuviesen vigilando.

—Oí lo que pasó la otra noche —dijo—. Lo siento mucho.

—No es para tanto —respondió Dan.

—En realidad, estoy seguro de que conseguirán recuperarlo todo. Pero ¿es verdad? ¿Es cierto que los Kabra les robaron la segunda pista delante de sus narices?

Dan se enfadó de nuevo. Le hubiera gustado presumir sobre la partitura que habían encontrado y sobre lo del soluto de hierro, pero Amy lo interrumpió.

—Es totalmente cierto —respondió ella—, no tenemos ni idea de qué hacer ahora.

—¡Ay! —suspiró el señor McIntyre—, me temo que no pueden volver a casa. Los servicios sociales aún están en alerta. Su tía ha contratado a un detective privado para que los encuentre. Además, no pueden quedarse aquí; París es una ciudad demasiado cara.

Sus ojos se fijaron en el collar de Amy.

—Muchacha, tengo amigos en la ciudad. Entiendo que ésta sería una medida desesperada, pero tal vez pudiera acordar un precio para vender el...

—No, gracias —respondió Amy—. Estaremos bien.

—Como usted quiera. —El señor McIntyre dio a entender, por su tono de voz, que no creía lo que Amy decía—. Bueno, si hay algo que pueda hacer por ustedes, si necesitan consejo...

—Muchas gracias, señor McIntyre —dijo Dan—, pero ya nos las arreglaremos.

El abogado miró a los niños detenidamente.

—Muy bien, muy bien. Me temo que hay una cosa más que debo preguntarles.

Estiró el brazo para alcanzar su maleta y Dan vio marcas de arañazos en sus manos.

—¡Vaya! ¿Qué le ha pasado?

El anciano hizo un gesto de dolor.

—Pues, bueno...

Dejó caer la maleta sobre la mesa y en su interior se oyó un:

—¡Miau!

—¡*Saladin!* —gritaron Amy y Dan al unísono.

El joven abrió la maleta y el enorme gato plateado salió de un salto, indignado.

—Me temo que no nos hemos llevado demasiado bien —dijo el señor McIntyre mientras se frotaba las manos llenas de cicatrices—; a él no le hizo mucha gracia que lo dejasen ustedes conmigo. Él y yo... bueno, él dejó claro que prefería volver con ustedes. La verdad es que fue algo complicado pasar la aduana con él, no me importa decirlo, pero realmente sentí que no tenía opción. Espero que sean capaces de perdonarme.

Dan no podía evitar sonreír. No se había dado cuenta de lo mucho que había extrañado al viejo gato. De alguna manera, tenerlo allí equilibraba la desilusión de haber perdido el frasco. Incluso lo ayudó a sobreponerse un poco a la pérdida de la fotografía de sus padres. Con *Saladin* alrededor, sentía que su familia estaba al completo. Por primera vez en varios días, pensó que quizá, sólo quizá, Grace aún estuviese cuidando de ellos.

—Va a tener que venir con nosotros. Él puede ser nuestro gato de ataque.

Saladin lo miró como diciendo «Muchacho, dame algo de atún y luego ya veremos».

Dan esperaba que Amy le llevase la contraria, pero ella sonreía tanto como él.

—Tienes razón, Dan. ¡Muchas gracias, señor McIntyre!

—Sí, eh... por supuesto. Ahora si me disculpan, niños. Les deseo una buena caza.

Dejó un billete de cincuenta euros sobre la mesa y se apresuró a abandonar la cafetería, mirando aún a su alrededor como si temiese una emboscada.

El camarero trajo algo de leche en un platillo y un poco de pescado fresco para *Saladin*. En la cafetería no pareció extrañarle a nadie que alguien estuviese desayunando con un mau egipcio.

—No le contaste al señor McIntyre nada sobre la partitura —dijo Nella—; creía que él era vuestro amigo.

—Él nos dijo que no confiáramos en nadie —respondió Amy.

—Sí —añadió Dan—, ¡y eso lo incluye también a él!

Nella cruzó los brazos.

—¿Eso me incluye a mí también, enano? ¿Qué hay de nuestro trato?

Dan se quedó helado. Se había olvidado completamente de que Nella había prometido acompañarlos sólo en el primer viaje. Se le cayó el alma a los pies. Ya se había acostumbrado a ella y no estaba seguro de qué haría si no continuaba con ellos.

—Yo... yo confío en ti, Nella —respondió—. No quiero que te marches.

Nella sorbió su café.

—Está claro que vosotros no vais a volver a Boston por ahora y, por lo visto, si yo vuelvo allí, voy a tener problemas gordos.

Dan tampoco había pensado en eso. Amy miraba fijamente su desayuno con aire de culpabilidad.

Nella se puso los auriculares y vio a dos estudiantes universitarios caminando calle abajo.

—Este trabajo no ha sido tan malo, después de todo... Es decir, a pesar de tener que trabajar con dos niños pesados. Tal vez podamos llegar a un nuevo acuerdo.

Dan se movió incómodo.

—¿Un nuevo acuerdo?

—El día que encontréis vuestro tesoro —explicó Nella—, me pagaréis todo lo que me debéis. De momento, puedo trabajar gratis. Enanos, si creéis que os voy a dejar viajar alrededor del mundo y divertiros sin mí, estáis locos.

Amy se abrazó con fuerza a Nella y Dan le mostró una gran sonrisa.

—Nella, eres la mejor —dijo él.

—¡Eso ya lo sé! —respondió la niñera—. Venga, Amy, que vas a arruinar mi reputación.

—Lo siento —se disculpó la muchacha aún sonriendo. Luego se volvió a sentar y sacó la partitura—. Bueno, ¿de qué estábamos hablando...?

—¡Ah! Del compositor —respondió Dan.

Amy señaló el final del folio.

—Mira.

En la esquina de la derecha, bajo la última *stanza*, había tres letras garabateadas en tinta negra:

$$\mathcal{W\!.\ A\!.\ M\!.}$$

—WAM —leyó Dan—. ¿Eso no era un grupo de música?

—¡No, idiota! Ésas son las iniciales de alguien. Ya te dije que algunas personas famosas compusieron música para la armónica de Benjamin Franklin; este tipo fue uno de ellos. Franklin debió de conocer a este compositor cuando ya era mayor. Creo que los dos debían de ser Cahill. Probablemente compartiesen secretos. De todas formas, ya lo he investigado. Ésta es la última pieza que este compositor escribió para música de cámara. Su nombre oficial es KV 617.

—Un título con gancho —murmuró Dan.

—La cuestión es que hay muchas copias de este adagio —dijo Amy— y además está también la versión grabada en la piedra de aquel pedestal. Los otros equipos averiguarán la pista más tarde o más temprano. Tenemos que apurarnos e ir a Viena.

—¡Eh, espera! —dijo Dan—. ¿Viena, en Austria? ¿Por qué ahí?

Amy parpadeó emocionada.

—Porque ahí es donde vivió Wolfgang Amadeus Mozart y donde encontraremos la próxima pista.

CAPÍTULO 20

William McIntyre llegó a su cita justo a tiempo.

Salió del ascensor y se dirigió al mirador de la Torre Eiffel. Después de la lluvia del día anterior, el aire estaba limpio y fresco. París brillaba bajo sus pies como si el agua se hubiese llevado todos sus oscuros secretos.

—No se han fiado de ti —dijo el hombre de negro.

—No —admitió William.

Su amigo sonrió.

—Aprenden rápido.

William McIntyre trató de controlar su enfado.

—Podría haber sido peor.

—Podría haber sido mucho mejor. Tendremos que vigilarlos más de cerca, ¿no crees?

—Ya me he encargado de eso. —William McIntyre sacó su teléfono móvil y entonces le mostró la pantalla a su colega: el último número que había marcado pertenecía a Viena, la capital de Austria.

El hombre de negro silbó.

—¿Estás seguro de que es prudente?

—No —admitió William—, pero sí necesario. La próxima vez no puede haber ningún error.

—Ni un solo error —confirmó el hombre de negro.

Los dos hombres, juntos, observaron la ciudad de París, que se extendía bajo sus pies: una ciudad con diez millones de personas que ignoraban totalmente que el destino del mundo pendía de un hilo.

THE 39 CLUES... ¡continúa!

No te pierdas ningún título de la serie:

PRÓXIMAMENTE